D1664529

JEDI QUEST

DER PFAD DER ERKENNTNIS

Band 1

Jude Watson

Die Deutsche Bibliothek – CIP-Einheitsaufnahme

Ein Titeldatensatz für diese Publikation ist bei der Deutschen Bibliothek erhältlich.

Dieses Buch wurde auf chlorfreiem,
umweltfreundlich hergestelltem
Papier gedruckt.

In neuer Rechtschreibung.

Deutsche Ausgabe 2002 by Dino entertainment AG,
Rotebühlstraße 87, 70178 Stuttgart
Alle Rechte vorbehalten
Übersetzung: Dominik Kuhn
Redaktion: Mathias Ulinski, Holger Wiest
Chefredaktion: Jo Löffler
Umschlaggestaltung: TAB Werbung GmbH, Stuttgart,
basierend auf dem US-Cover von Alicia Buelow und Keirsten Geise
Morph Art von David Mattubgly
Satz: Greiner & Reichel, Köln
Druck: Ebner & Spiegel, Ulm
ISBN: 3-89748-416-1

Dino entertainment AG im Internet: www.dinoAG.de

Prolog

Niemand auf Tatooine konnte sich daran erinnern, jemals einen solch schönen Tag erlebt zu haben. Die beiden Sonnen schienen, jedoch ohne die Haut auszutrocknen. Der Wind wehte, aber mit einer Sanftheit, die keinen stickigen Staub oder Sand mit sich brachte. Das normalerweise brutale Klima war an diesem Tag nicht so drückend schwer. Aber die meisten Feuchtfarmer, Schmuggler und Sklaven hatten weder die Zeit noch die Energie, auch nur einen Augenblick ihres harten Lebens innezuhalten und darauf zu achten.

Der siebenjährige Anakin Skywalker jedoch hatte die Zeit. Als seine Mutter Shmi bei Sonnenaufgang die Fenster öffnete, atmeten die beiden voller Freude die frische Luft tief ein. Zum ersten Mal seit sehr langer Zeit hatte Anakin das Gefühl, wirklich glücklich zu sein. Das Wetter war gut und er hatte zum ersten Mal einen Nachmittag frei.

Normalerweise war er Tag für Tag in Wattos Schrottladen eingepfercht. Er war zwar ein Sklave, konnte sich aber dennoch

Schlimmeres vorstellen. Er lernte etwas über Hyperraum-Antriebe, Kraftkonverter und Droiden-Motivatoren. Er konnte einen Reaktivierungsschalter mit verbundenen Augen zusammenbauen. Das einzige Problem war, dass er für den Toydarianer Watto arbeiten musste, dessen täglich schlimmer werdende schlechte Laune und wachsende Habgier Anakin immer wieder überraschten.

Anakin stopfte sich das Frühstück in den Mund, als er durch die belebten Straßen von Mos Espa zu Wattos Schrottladen eilte. Er begann zu laufen und wandte sich geschickt zwischen zwei schwerfälligen Eopies hindurch. Watto war heute unterwegs nach Anchorhead. Er hatte von einem spektakulären Zusammenstoß zwischen zwei Sand-Skimmern und einer Raumfregatte gehört und wollte unbedingt der Erste sein, der für die Teile ein Gebot abgab.

Die Reise brachte Watto in einen Zwiespalt. Der Aussicht, vielleicht einen guten Handel abschließen zu können, stand der Unmut entgegen, seinen Laden für einen Tag schließen zu müssen. Die Luft war schon seit einer Woche vom ärgerlichen Summen von Wattos Flügeln erfüllt gewesen – und von seinen gemurmelten Bemerkungen, wie ungerecht das Leben doch solch hart arbeitenden Wesen wie ihm gegenüber wäre.

Watto konnte es nicht ertragen, Geld zu verlieren – nicht einmal für einen Tag. Aber er traute Anakin auch nicht zu, den Laden allein zu führen. Und noch viel weniger würde er seinem Sklaven einen Tag frei geben. Also hatte Watto Anakin eine lange Liste mit Aufgaben hinterlassen. Die Liste war so lang, dass Anakin praktisch von Sonnenaufgang bis zum Sonnenuntergang damit beschäftigt sein würde.

Watto hatte allerdings nicht damit gerechnet, dass Anakin Freunde hatte, die ihm halfen. Es waren keine lebenden Wesen, denn alle seine gleichaltrigen Freunde waren ebenfalls Sklaven. Für Anakin waren Droiden Freunde und er wusste, dass er mit ihrer Hilfe die Aufgabenliste in der halben Zeit abgearbeitet haben würde.

Kaum hatte er den Schrottladen erreicht, programmierte er die Droiden und machte sich an die Arbeit. Viele der Maschinen waren ältere Modelle oder nur halb repariert, doch er hielt sie irgendwie am Laufen. Um die Mittagszeit waren alle Aufgaben erledigt.

Anakin griff sich das kleine Paket, das Shmi heute Morgen mit Fleischbällchen und Früchten gepackt hatte. Er lief den ganzen Weg zurück bis zu dem Viertel, in dem sie wohnten, und atmete dabei tief die angenehme Luft ein. Seine Freundin Amee war eine Haussklavin bei einem reichen Toong-Paar. Sie gaben ihr einmal im Monat einen Nachmittag frei. Heute war ihr freier Tag.

Amee wartete draußen auf den Stufen ihrer Behausung in der dicht bevölkerten Ansammlung aus Baracken in Mos Espa. Sie trug ihre haselnussbraunen Haare zu einer Krone geflochten um den Kopf. Sie hatte sich ein paar gelbe Blumen ins Haar gesteckt. Das trug noch mehr zur Urlaubsstimmung an diesem Tag bei. Ihr schmales Gesicht, das normalerweise niedergeschlagen erschien, sah beinahe hübsch aus, als sie lächelte.

„Ich war noch nie bei einem Picknick", erklärte Amee. „Mutter sagt, dass sie als Kind immer wieder einmal bei einem Picknick dabei gewesen ist."

Amees Mutter Hala öffnete die Tür und lächelte Anakin an. Sie arbeitete zu Hause an Transmitterteilen. „Ich freue mich, dass ihr beide den heutigen Tag genießen könnt. Geht nicht zu weit weg."

„Ich weiß genau den richtigen Ort", sagte Anakin zu ihr.

Amee folgte ihm durch die bevölkerten Straßen und Gassen von Mos Espa. Heute waren noch mehr Wesen unterwegs als sonst. Amee hatte gelernt, sich beinahe unsichtbar durch die Straßen zu bewegen, um so den unberechenbaren Raumfahrern und Schmugglern aus dem Weg zu gehen.

Anakin wusste genau, wo sie ihr Picknick abhalten würden, obwohl auch er noch nie eines mitgemacht hatte. Er hatte den Platz vor ein paar Wochen gefunden, als er am Rand des Raumhafens nach herumliegenden Teilen gesucht hatte.

Die Hügel von Tatooine waren sandig und kahl, aber irgendwo mittendrin hatte Anakin eine kleine Schlucht entdeckt. Dort stand ein Baum mit glitzernden goldenen Blättern. Er hatte diese Spezies noch nie zuvor gesehen und es war auch das erste Mal, dass er eine solche Farbe in der Natur gesehen hatte. Die Landschaft von Tatooine bestand ansonsten nur aus Variationen von Beige und Braun.

Der Baum war knorrig und kämpfte offensichtlich ums Überleben, doch wenn man darunter saß und die Augen schloss, konnte man das Rascheln der trockenen Blätter hören. An einem Tag wie diesem konnte man sich beinahe einbilden, auf einem schönen grünen Planeten zu leben.

„Hier ist es wunderbar", hauchte Amee.

Sie machten sich über Shmis Fleischbällchen und Halas Proviant her. Sie tranken süßen Saft und schmiedeten Zukunftspläne, was in Anakins Fall immer die Befreiung aller Sklaven auf Tatooine einschloss. Irgendwann näherte sich die Sonne dem Horizont. Der Nachmittag war plötzlich vorüber.

„Wir sollten besser zurückgehen", sagte Anakin zögerlich.

„Ich hasse das Sklavendasein", gab Amee zurück. Sie stopfte die leeren Verpackungen mit ungewohnter Heftigkeit in ihre Tasche zurück.

Anakin wusste nicht, was er entgegnen sollte. Sie *alle* hassten das Sklavendasein. Anakin schwor sich, dass Shmi eines Tages ein behütetes, angenehmes Leben führen würde; ein Leben voller Freizeit und guter Dinge zu essen, so wie es der heutige Tag gewesen war. Er würde dafür sorgen.

Zusammen mit Amee schlenderte er zwischen den sandigen Hügeln hindurch nach Mos Espa. Zu ihrer Überraschung waren die Straßen jetzt beinahe leer und die Essensbuden geschlossen.

„Was ist denn los?", wunderte sich Anakin. „Es ist so, als würde ein Sandsturm kommen, aber die Luft ist vollkommen klar."

Je näher sie ihrem Zuhause kamen, desto unruhiger wurden sie. Am Stadtrand sahen sie aufgebrochene Eingangstüren und Trümmer in den Straßen. Sie kamen an einem Mann vorbei, der den Kopf in den Händen vergraben hatte und mit zuckenden Schultern weinte.

Anakin und Amee sahen sich schweigend an. Die Angst, die immer unter der Oberfläche lauerte, brach plötzlich aus wie ein aktiver Vulkan. Hier war etwas ganz und gar nicht in Ordnung.

Eine Frau mit tränenüberströmtem Gesicht lief an ihnen vorbei. „Elza!", rief sie. „Elza!"

„Elza Monimi", sagte Amee. In ihrer Stimme erklang plötzlich Panik. „Er ist unser Nachbar. Was ist hier los?"

Sie begannen laufen. Sämtliche Häuser schienen zerstört zu sein. Allerlei Wesen liefen auf den Straßen umher und fragten einander nach Töchtern, Söhnen, Müttern und ganzen Familien. Sie hörten, wie immer wieder und wieder voller Schrecken und Furcht ein bestimmter Name geflüstert wurde.

Anakin hielt einen Nachbarn an, Titi Chronelle. „Was ist passiert?"

„Sklavenraubzug", gab Titi zurück. „Piraten. Angeführt von Krayn. Mit Blastern und Fangapparaturen. Sie haben Transmitter, die unsere stören. Sie holen sich, wen immer sie haben wollen. Sie haben viele mitgenommen." Titi sprach in kurzen Stößen, so als bekäme er keinen ganzen Satz heraus.

Anakin spürte, wie sein Atem stockte. „Meine Mutter?"

Titi sah ihn traurig an, bevor er weiterlief. „Ich weiß es nicht."

Ohne ein Wort zu sagen, lief Amee zu ihrem Zuhause. Auch Anakin lief los. Sein Herz schien zu zerreißen, als ihn seine Beine zu seinem Haus trugen. Er lief hinein. Er sah sich wild um.

Alles schien wie immer zu sein. Aber wo war Shmi?

Dann sah er sie in der Ecke. Sie saß mit angezogenen Knien und gesenktem Kopf auf dem Boden. Als er auf sie zulief, riss sie den Kopf hoch.

Einen Moment lang sah er nichts als blankes Entsetzen in ihrem Gesicht. Der Schock lähmte ihn. Er hatte seine Mutter noch nie angstvoll gesehen. Sie war für ihn immer ein Vorbild an Ruhe und Kraft gewesen. Sie hatte immer alle Schrecken des Lebens von ihm fern gehalten.

Als sie seinen Gesichtsausdruck sah, wich sofort die Angst aus ihren Augen. Die Wärme, die er von ihr kannte, kehrte zurück. Sie streckte die Arme aus und Anakin lief zu ihr.

„Ich wusste nicht, wo du warst", sagte sie.

Er spürte ihre starken Arme um sich und vergrub sein Gesicht im vertrauten Duft ihrer Kleider. Sie wiegte ihn sanft hin und her.

„Du zitterst", sagte sie. „Ruhig, Annie. Wir sind beide in Sicherheit."

Irgendwie wusste er, dass der Schrecken, den er auf ihrem Gesicht gesehen hatte, nicht nur daher rührte, dass sie nicht gewusst hatte, wo er gewesen war.

Er rührte von dem her, was sie gesehen hatte. Oder von dem, was ihr beinahe zugestoßen war.

Aber diese Angst, die Angst, dass seine Mutter verschwinden könnte, dass sie verletzt oder getötet werden könnte, dass sie ihren eigenen Ängsten wehrlos ausgeliefert war, war für Anakin beinahe zu viel, um sie ertragen zu können. Er verdrängte den Gedanken an ihr verängstigtes Gesicht und atmete ihre Wärme ein. Er spürte die Stärke und Sanftheit ihrer tröstenden Hände. Er hörte sofort auf zu zittern. Er redete sich ein, ihre Verletzlichkeit nicht gesehen zu haben. Seine Mutter war unbesiegbar. Man konnte sie nicht entführen. Sie war nicht verletzlich. In ihrem Innern war sie stark. Sie konnte für ihrer beider Sicherheit sorgen. Das war die Realität, in der er lebte. Irgendwie wusste Anakin, dass er die Tür zu seiner Kindheit für immer verschließen würde, wenn er einmal die Ängste seiner Mutter anerkannte. Und dazu war er noch nicht bereit. Er war erst sieben Jahre alt. Er brauchte sie noch zu sehr.

Draußen hörten sie Stimmen. Eine tiefe Stimme rief etwas in dem Versuch, eine höhere und verängstigte Stimme zu übertönen.

„Amee! Komm zurück!"

„Wo ist meine Mutter?"

Anakin sah auf. „Das ist Amee."

Shmi hielt ihn fester. „Hala wurde von den Sklavenfängern mitgenommen."

Er sah ihr ins Gesicht. Der Schrecken war verschwunden, aber an seine Stelle war Traurigkeit getreten – tiefe Traurigkeit und Mitgefühl und noch etwas anderes, Undeutliches, das er nicht benennen konnte. So als wüsste Shmi etwas, was er nicht wusste und was sie ihm auch nicht sagen wollte. Etwas, das er nicht wissen sollte und auch nicht wissen wollte.

„Es ist furchtbar, auf Tatooine Sklave zu sein, Annie", flüsterte Shmi. „Aber für uns könnte alles viel, viel schlimmer sein."

Sie wischte ihm die Haare aus der Stirn. Der nachdenkliche Ausdruck verschwand aus ihren Augen. „Aber du bist in Sicherheit", sagte sie mit fester Stimme. „Wir sind zusammen. Komm jetzt. Lass uns tun, was wir tun können, um Amee und ihren Vater zu trösten."

Anakin stand auf. Einen Augenblick blieb er auf der Schwelle ihres Hauses stehen und sah, wie Shmi zu Amee und ihrem Vater hinüber ging. Die Eigentümer von Sklaven liefen jetzt zwischen den Wesen umher und prüften, wer noch da war. Anakin erkannte Halas Eigentümer Yor Millto. Er las etwas von einem Datapad ab.

„Ziemlich ärgerlich, dass ich Hala verloren habe", sagte er zu seinem Assistenten. „Das kostet mich wieder einiges. Aber sie war sowieso nicht sonderlich talentiert. Leicht zu ersetzen."

Anakin ließ seinen Blick zu Amee schweifen. Sie hatte ihr

Gesicht in Shmis Robe vergraben und ihre Schultern bebten vor Weinkrämpfen. Halas Ehemann saß in der Nähe und hatte das Gesicht in den Händen verborgen.

Leicht zu ersetzen ...

Anakin wurde von einem Schmerz durchfahren, dem er sich nicht stellen wollte.

Er legte einen Schwur ab. Er wusste, dass er ein außergewöhnliches Gedächtnis hatte. Das Lernen und das Organisieren von Dingen fielen ihm nicht schwer. Er würde dieses Talent nutzen, um die Erinnerung an diesen Augenblick in seinen Verstand zu brennen. Wenn er sie brauchte, würde er jedes einzelne Detail wieder hervorholen – den genauen Ton des Blaus am Himmel, die herzzerreißende Art, wie Amee hemmungslos weinte.

Aber er würde seinen Verstand darauf eichen, sich an etwas nicht mehr zu erinnern. Etwas, das er nie mehr wieder sehen wollte, nicht einmal in seiner Erinnerung: das Entsetzen, das er im Gesicht seiner Mutter erkannt hatte.

Kapitel 1
Sechs Jahre später

Obi-Wan Kenobi spähte durch die Frontscheibe des kleinen, wendigen Raumjägers, den der Senat ihm geliehen hatte. Unter und um ihn herum wirbelte Nebel. Er sah keinerlei Landemöglichkeit.

„Irgendetwas zu erkennen?", fragte Anakin. Da die Sicht null war, benutzte Obi-Wans Padawan nur die Instrumente, um das Schiff zu steuern – und seine sichere Verbindung mit der Macht. Obwohl er erst dreizehn Jahre alt war, war Anakin bereits ein erfahrener Pilot, sogar ein besserer als Obi-Wan. Und Obi-Wan war jederzeit bereit, das zuzugeben.

„Noch nicht. Der Nebel wird sich jeden Moment lichten." Das hoffte er zumindest. Er wusste, dass die zerklüfteten Gipfel der Eisberge dicht unter ihnen lagen. Sie mussten nur einen Landeplatz finden.

„Und dann werdet Ihr mir auch sagen, wo wir sind?", fragte Anakin.

„Alles zu seiner Zeit." Obi-Wan bemerkte, dass der Nebel bereits dünner zu werden begann. Er war jetzt von Flecken aus einem hellerem Grau durchsetzt. Als das Schiff tiefer sank, erschienen plötzlich die Gipfel der Eisberge. Sie ragten bedrohlich aus den Wolken und blitzten silbern aus dem Grau auf.

Obi-Wan las die Koordinaten für seinen Zielort ab und suchte die Schluchten zwischen den Bergen nach einem Landeplatz ab. Aber um sie herum sah er nichts außer blendend weißem Eis und Schnee. Er wusste, dass in den scheinbar senkrecht abfallenden Steilwänden der Eisberge Felsvorsprünge und versteckte Höhlen verborgen waren. Die Eisdecke konnte auch trügerisch sein.

Irgendwann sah er einen Felsvorsprung, der windgeschützt zu sein schien. Er war frei von Schnee und es lagen nur ein paar isolierte Eisflächen darauf. Der Vorsprung würde für das Schiff nur knapp ausreichen und es bestand durchaus die Gefahr, dass es auf dem Eis geradewegs über die Kante hinweg abstürzte. Obi-Wan jedoch wusste, dass sein Padawan es schaffen würde.

„Da", sagte er zu Anakin und gab ihm die Koordinaten.

Der Junge sah ihn überrascht an. „Wirklich?"

„Du schaffst es."

„Ich weiß, dass ich es schaffe", sagte Anakin. „Ich frage mich nur, weshalb Ihr *wollt,* dass ich es tue."

„Weil es von dort aus leicht ist, zu unserem Zielort zu klettern."

Anakin bediente ein paar Schalter und leitete die Landung ein. „Und ich werde besser nicht fragen, was unser Zielort ist."

Obi-Wan lehnte sich zurück und sah voller Bewunderung zu, wie Anakin mit kühlem Kopf und fester Hand das Schiff auf dem engen Vorsprung landete. Er setzte das Schiff so sanft ab, als wäre ihr Landeplatz ein Nest voller Kroyie-Eier. Sie hatten jetzt gerade noch genug Platz, um die Luke zu öffnen und auszusteigen.

Anakin sah sich durch die Sichtscheibe die senkrechten Eisklippen an, die sie umgaben. „Könnt Ihr mir jetzt wenigstens sagen, wie der Planet heißt?"

„Ilum", gab Obi-Wan zurück und beobachtete aufmerksam den Gesichtsausdruck seines Padawans.

Der Name brachte bei Anakin offensichtlich eine Glocke zum Läuten. Seine hellen Augen leuchteten auf. Er beherrschte jedoch seine Stimme. „Ich verstehe."

„Wir befinden uns hier nicht auf einer Mission", fuhr Obi-Wan fort. „Es ist eine Aufgabe. Hier wirst du die Kristalle suchen, aus denen du dein eigenes Lichtschwert fertigen wirst."

Auf Anakins ernsthaftem Gesicht breitete sich das Grinsen aus, auf das sich Obi-Wan schon gefreut hatte. Ein Lächeln, das Freude und Hoffnung ausstrahlte.

„Vielen Dank für diese Ehre", sagte er.

„Du bist so weit", gab Obi-Wan zurück.

„Findet der Rat das?", fragte Anakin.

Das war eine gute Frage, denn der Rat war tatsächlich geteilter Meinung darüber, ob Anakin schon bereit war, alle Rechte eines Jedi zu übernehmen. Die Einen waren der Meinung, dass er mit der Jedi-Ausbildung zu spät begonnen hatte. Sie waren wegen des Zornes und der Angst besorgt, die er tief in sich verbarg. Sie waren wegen seines früheren Lebens als Sklave besorgt und wegen der starken Bindung an seine Mutter, die ihn damals hatte gehen lassen.

Yoda und Mace Windu gehörten zu diesen zögernden Ratsmitgliedern, die Obi-Wan zahlreiche bedrückende Momente beschert hatten. Er schätzte ihre Meinung zu sehr, um sie völlig außer Acht zu lassen.

Aber das Versprechen, das er seinem früheren Meister Qui-Gon Jinn gegeben hatte, war wichtiger. Qui-Gon war jetzt seit vier Jahren tot, doch in Obi-Wans Leben war er noch immer so gegenwärtig, dass er die Bindung an seinen Meister auch jetzt noch als genau so stark empfand wie zu dessen Lebzeiten. Anakin als seinen Padawan anzunehmen, war nicht nur ein Schwur seinem geliebten Meister gegenüber gewesen, sondern auch die richtige Entscheidung.

Zu guter Letzt hatte sich Obi-Wan ohnehin auf seinen Instinkt verlassen müssen. Und auch Yoda und Mace Windu mussten seinem Instinkt vertrauen. Er hatte hart darum gekämpft, seinen Padawan hierher zu bringen und schließlich hatte sich der Rat auch nicht mehr gegen ihn stellen können.

Er hatte damals gehofft, dass seine Entscheidung richtig gewesen war. Anakins Fortschritte während seiner kurzen Zeit im Tempel waren geradezu atemberaubend gewesen. Er übertraf sämtliche Erwartungen auf jedem nur denkbaren Gebiet. Er war der Klassenbeste beim Training mit dem Lichtschwert gewesen, beim Fliegen, beim Ausbilden des Verstandes und beim wichtigsten aller Ziele – der Verbindung mit der Macht.

Und doch war es genau dieser schnelle Fortschritt, der Obi-Wan stutzen ließ. Die Dinge flogen Anakin zu einfach zu. In seinen Kräften lag die allgegenwärtige Gefahr von Leichtsinn und Arroganz. Anakin tendierte dazu, die Dinge selbst in die Hand nehmen zu wollen. Er konnte überstürzt handeln und entgegen jeglichem Rat seinen eigenen Weg gehen.

So wie es Obi-Wan einst auch getan hatte. Und Qui-Gon Jinn. Daran musste Obi-Wan immer wieder denken. Er hatte in Anakins Alter ebenfalls gravierende Fehler begangen. Und er wollte Anakin die Freiheit einräumen, es auch zu tun.

Sie legten ihre Winterausrüstung an und warfen Thermo-Capes über ihre Tuniken. Sie zogen Schutzbrillen auf. Die Temperaturen auf Ilum waren geradezu lähmend kalt. Blitze konnten jederzeit und überall ohne Vorwarnung einschlagen. Eisformationen hatten gefährlich scharfe Kanten.

Sie öffneten die Ausstiegsluke und gingen vorsichtig auf den eisbedeckten Boden hinaus. Nur ein schmaler Vorsprung lag zwischen ihnen und einem mehrere tausend Meter tiefen Abgrund. Der schneidend kalte Wind blies gegen ihre unbedeckten Körperteile, Nase und Kinn. Die Sonne war nur als blasse

Andeutung am Himmel zu erkennen, ein verwaschener Farbton, der sich kaum vom weißen Himmel und den Farben des Eises und des Schnees unterschied.

„Wo ist die Kristallhöhle?", fragte Anakin.

Obi-Wan zeigte nach oben. „Dort oben. Wir müssen diese Klippe ersteigen."

Anakin sah die Klippe aufmerksam an. Es war eine senkrechte Wand aus blauem Eis, glatt wie ein Spiegel. Nirgendwo gab es sichtbaren Halt für Hände oder Füße. Beim geringsten Fehltritt würden sie mit Sicherheit abstürzen.

„Von hier aus ist es also leicht, an unseren Zielort zu klettern", sagte er. „Sagt mir eines: Warum haben sich die Jedi einen solch gefährlichen Ort ausgesucht, um die Ilum-Kristalle aufzubewahren? Wäre es nicht sinnvoller, sie aus der Höhle zu holen und sie irgendwo zu lagern, wo sie sicher sind? Auch vor tausend Jahren mussten sie doch schon eine bessere Idee gehabt haben."

„Die Kristalle wachsen in der Höhle", gab Obi-Wan zurück, als er nach dem Seilkatapult an seinem Gürtel griff. „Und dort müssen wir sie auch sammeln. Diese Herausforderung ist ein Teil der Belohnung."

Der Wind peitschte eine Strähne strohblonden Haares aus Anakins Gesicht. Sein Blick verriet seine Aufregung angesichts der vor ihm liegenden Aufgabe. „Ich beschwere mich ja gar nicht. Das sieht mir nach einer Menge Spaß aus." Er ließ kurz ein schelmisches Grinsen sehen.

Obi-Wan nickte. Etwas an diesem Jungen berührte ihn in seinem tiefsten Innern. Im Verlauf ihrer gemeinsamen Missionen hatte er aus nächster Nähe Anakins impulsive Großzügigkeit gesehen, seine Loyalität, seinen Wissensdurst.

Denk immer daran, Padawan: Die meisten Lebewesen sind grundsätzlich rätselhaft. Das Herz verbirgt Rätsel, die sogar jene erstaunen, die sich selbst zu kennen glauben.

Obi-Wan wandte sich ab, damit Anakin sein leichtes Lächeln nicht sehen konnte. Qui-Gon kam ihm noch so oft in den Sinn. Es war, als wäre seine Gegenwart zu stark, um ihn jemals sterben zu lassen. Und dafür war Obi-Wan dankbar. Er vermisste seinen Freund und Meister mit einer Intensität, die über die Jahre niemals abgenommen hatte.

Er aktivierte sein Seilkatapult und der spitze Dorn schlug in das Eis über ihren Köpfen. Er prüfte die Seilspannung.

„Unterschätze den Wind nicht", sagte er zu Anakin. „Der Berg ist ein Windbrecher. Die Böen können aus allen Richtungen kommen. Halte deinen Körper entspannt. Achte darauf, immer die Balance zu behalten. Das Eis ist nicht so glatt, wie es aussieht. Es könnte Formationen geben, an denen du dich schneiden könntest."

Anakin nickte. Das strahlende Glänzen verschwand aus seinen Augen. Sie schienen jetzt schwarz und ausdruckslos zu sein. Obi-Wan kannte diesen Blick. Anakin hatte die Fähigkeit, von einem Augenblick zum anderen vollkommen ruhig zu werden. Er driftete dann an einen Ort ab, den Obi-Wan nicht erreichen konnte. Obi-Wan wusste, dass sein Padawan jetzt für den vor ihm liegenden, schwierigen Klettergang die Macht um sich sammelte – und all seine Willenskraft.

Anakin schoss sein eigenes Kabel ab und prüfte die Spannung. Nach einem Nicken von Obi-Wan aktivierten beide Jedi die Motoren in den Seilwinden und ließen sich rasend schnell bis zum Ende der Seile hochziehen. Sie hingen jetzt frei in der Luft. Obi-Wan hackte mit einem spitzen Werkzeug seinen nächsten Fußhalt in das Eis. Er warf einen Blick hinüber, um sich zu versichern, dass Anakin dasselbe tat.

Plötzlich zog der beißende Wind an. Er traf Obi-Wan von der Seite und drückte ihn kurz gegen die Eiswand. Der Jedi drehte sich so, dass seine linke Schulter sein Gesicht vor dem Eis schützte.

Er schob einen Fuß in den Spalt, den er geschaffen hatte, und zog sich etwas hoch. Dann hackte er einen Spalt für eine Hand in das Eis. Das war schwieriger, denn es erforderte eine exakte Balance. Er ließ sich von seiner Seilwinde vorsichtig für den nächsten Angriff auf das Eis etwas senken. Im selben Augenblick wechselte der Wind die Richtung und schleuderte ihn wieder gegen das Eis. Obi-Wan presste sich so flach wie möglich an die Steilwand und suchte mit seinen Fingern einen Halt. Es schien, als wollte ihn eine gewaltige Hand von der Steilwand wegreißen.

Sobald der Wind wieder nachließ, feuerte Obi-Wan das Seilkatapult erneut ab. Nur noch zwei weitere Schüsse, dann würden sie oben auf dem schmalen Vorsprung stehen, der sich zur Kristallhöhle erweiterte.

Anakin hatte sich bereits hoch in die Luft katapultiert und hackte mit dem spitzen Werkzeug einen weiteren Fußhalt in die Eisklippe. Obi-Wan konnte sehen, dass Anakin trotz seiner hohen Geschwindigkeit mit den Windböen kämpfte, die ihn gegen die Wand schleuderten.

Obi-Wan übernahm die Führung, um Anakins Tempo ein wenig zu bremsen. Sie bewegten sich hüpfend die Steilwand hoch, wobei sie jeweils kurz innehielten, wenn eine neue Windböe kam. Irgendwann schaffte Obi-Wan es endlich bis ganz nach oben. Er sah zu Anakin hinüber und bekam als Antwort ein Nicken. Im selben Moment ließen sie sich von den Seilwinden in die Sicherheit des Felssimses über ihren Köpfen ziehen.

Doch sie waren nicht in Sicherheit. Obi-Wan blieb einen Moment auf dem Fleck stehen und balancierte sich am Rand des Vorsprungs aus. Dann trat er vor Überraschung beinahe einen Schritt zurück. Eine Gruppe schlafender Gorgodons lag vor ihnen in der Nähe des Eingangs zur Kristallhöhle. Es waren große, massige Kreaturen, die auf Ilum lebten. Normalerweise lagen ihre Jagdgründe in den eisigen Ebenen tiefer unten, wo sie sich von Moosen und Sträuchern ernährten. Obi-Wan wusste, dass sie geschickte Kletterer waren, doch er hatte noch nie von Gorgodons gehört, die sich in solchen Höhen aufhielten.

Außerdem waren sie wilde Raubtiere. „Bleib ganz ruhig", sagte er zu Anakin. Wenn sie Glück hätten, würden die Bestien sie nicht bemerken. Sie hatten schlechte Augen, ihr Gehör und ihr Geruchssinn waren dafür umso besser.

„Was sind das für Wesen?", hauchte Anakin.

„Gorgodons", murmelte Obi-Wan. „Sie haben drei Reihen scharfer Zähne und scharfe Klauen. Sie hetzen ihre Opfer bis zur Erschöpfung und quetschen sie zu Tode. Man kann sie nur mit einem Hieb in den hinteren Halsbereich zur Strecke bringen."

Anakin betrachtete die Tiere genau. „Sonst noch etwas?", flüsterte er, als wieder eine Windböe über den Felsvorsprung hinweg fegte.

Der Wind musste ihren Geruch mitgetragen haben, denn eine der gewaltigen Kreaturen rührte sich plötzlich. „Ja", sagte Obi-Wan. „Nimm dich vor ihren …"

Plötzlich zuckte ein riesiger Reptilienschwanz hinter dem nächsten Gorgodon hervor, traf Anakin mit voller Wucht und schleuderte ihn an den Rand des Abgrunds.

„ … Schwänzen in Acht!", rief Obi-Wan und hechtete ihm nach.

Kapitel 2

Anakin wurde von der Wucht des Schlages zurückgeworfen. Er rutschte mit einem Fuß auf einer Eisfläche aus und fiel am Rand der Klippe zu Boden.

Obi-Wan sprang ihm hinterher. In einer Hand hatte er schon das aktivierte Lichtschwert und hieb damit nach dem Schwanz, der noch immer auf Anakin einschlug. Mit der anderen Hand griff er nach Anakin und zog ihn in Sicherheit.

Anakin fand schnell die Balance wieder und aktivierte sein Trainings-Lichtschwert. Es hatte nicht dieselben Möglichkeiten wie ein Jedi-Lichtschwert, konnte ihn aber doch schützen. Es lag nun an Obi-Wan, dafür zu sorgen, dass sein Padawan nicht verwundbar war.

Die Gorgodons waren wütend wach geworden, schnappten mit ihren Kiefern nach den Jedi und rollten mit den Augen. Sie brüllten und ihr Fell stand plötzlich in spitzen Stacheln in alle Richtungen ab. Sie entblößten ihre drei Reihen scharfer, gelber Zähne vor den Eindringlingen.

Obi-Wan und Anakin hatten keine Wahl. Die Gorgodons waren bereit, bis zum Tod zu kämpfen.

Wie vor jedem Kampf üblich kam Obi-Wans Verstand vollkommen zur Ruhe.

Suche ihre Schwächen und Stärken.

Ja, Qui-Gon, dachte Obi-Wan. *Ihre Größe verleiht ihnen Kraft, aber sie sind deshalb auch ein wenig unbeholfen. Das werde ich ausnutzen.*

Der größte Gorgodon robbte auf ihn zu. Er hatte den tödlichen, gnadenlosen Blick eines Raubtiers, als er eine Klaue von der Größe eines Gravschlittens hob, um Obi-Wan wegzufegen. Der Jedi war sicher, dass er bei einem Treffer von der Klippe gestoßen werden würde.

Der Hieb kam langsam, zumindest für die Reflexe eines Jedi. Obi-Wan hatte Zeit, seinen nächsten Zug zu überdenken und die wahrscheinliche Reaktion abzuschätzen. Er rollte sich nach rechts – wobei er immer auch an Anakin dachte – und lockte den Gorgodon in diese Richtung. Die Kreatur schwenkte wie von Obi-Wan vorausgesehen ihren Schwanz und verfehlte ihn. Obi-Wan versetzte dem Tier einen Hieb in die Seite. Er spürte den Schock des Schlages durch den Griff seines Lichtschwerts. Die Skelettstruktur von Gorgodons war extrem stark und bedeckt von dicken Schichten aus Fett und Muskeln. Es brauchte mehr als einen Hieb, um eine solche Kreatur zu Boden zu strecken.

Anakin sprang im selben Moment zur Seite und schlug mit seinem Lichtschwert nach der gewaltigen Pfote. Die Kreatur heulte auf, als die beiden Hiebe trafen. Sie wirbelte mit erstaunlicher Geschwindigkeit herum und schlug mit dem tödlichen Schwanz nach Anakin. Doch dieses Mal war der Junge vorbereitet. Er machte einen Satz zurück und schlug einen Salto, um sich Schwung zu verschaffen. Als er wieder zu Boden kam, versetzte er der Nase des Gorgodon einen Hieb, der das Tier überraschte.

Ein erneutes Brüllen veranlasste die anderen Gorgodons, näher zu kommen, um ihre Artgenossen zu beschützen. Schwänze fuhren durch die Luft und Pfoten hoben sich, Klauen rissen an den Kleidern der Jedi. Obi-Wan und Anakin hatten nur wenig Platz, um wirksame Hiebe anzubringen. Sie waren zu sehr damit beschäftigt auszuweichen.

Plötzlich geriet ein Fuß von Obi-Wan auf einen Fleck aus schwarzem Eis, das glatt und gefährlich im Schatten verborgen war. Er rutschte hilflos geradewegs auf den Gorgodon zu. Die riesige Bestie fletschte ihre gelben Zähne und hob ihre gewaltigen Arme, um ihn damit zu umklammern.

Anakin griff nach der Macht und sprang so hoch wie möglich in die Luft. Er landete auf einer der Pfoten, die ihn wiederum wie ein leichtes Stück Durafolie abschüttelte. Der Junge flog nach hinten weg und prallte benommen gegen die Höhlenwand.

Obi-Wan gewann seine Balance zurück und schlug mit einer Serie wilder Hiebe zu. Sein Lichtschwert war nur noch als verwischter Lichtfleck zu sehen, als er sprang, auswich, umherwirbelte und dem Körper des Gorgodon einen Hieb nach dem anderen versetzte. Die Hiebe würden das Tier nicht umbringen, doch sie machten es langsamer. Ein wütendes, ohrenbetäubendes Brüllen folgte dem anderen. Obi-Wan bewegte sich so schnell, dass der Gorgodon ihm nicht folgen konnte.

Anakin bekam wieder einen klaren Kopf und lief los, um Obi-Wan zu helfen. Dabei übersah er, dass sich der andere Gorgodon in der Zwischenzeit schnell herübergeschoben hatte, um ihm den Weg abzuschneiden. Anakin stand genau im Weg der Kreatur, gefangen zwischen dem Gorgodon und dem senkrechten Abgrund.

Obi-Wan sprang nach vorn. Er hatte keine andere Wahl, als sich zwischen die Kreatur und Anakin zu stellen. Er schwenkte sein Lichtschwert auf das Gesicht des Gorgodon, sah aber im selben Moment, wie die beiden Pfoten zusammenschlugen und ihn festhielten. Die Luft verließ Obi-Wans Lungen bei dem Schlag. Der Gorgodon zog Obi-Wan zu einem tödlichen Würgegriff an die Brust.

Obi-Wans Gesicht wurde in dem übelriechenden Fell begraben. Er hustete und versuchte, Luft in seine Lungen zu bekommen. Doch stattdessen atmete er nur das Fell ein. Das Tier drückte noch fester zu. Obi-Wan befürchtete, dass seine Rippen brechen würden. Seine letzten Atemreserven verließen seinen Körper. Er versuchte, seine Arme zu bewegen, saß jedoch vollkommen fest.

Da sah er aus dem Augenwinkel eine verwischte Bewegung.

Eine weitere Sekunde später heulte das Tier auf und sein Griff wurde etwas schwächer. Obi-Wan wurde klar, dass Anakin sein Seilkatapult benutzt hatte. Das spitze Ende war in den fleischigen Rücken des Gorgodon eingedrungen. Anakin war jetzt über ihm auf dem Rücken des Tieres.

Der Griff des Gorgodon wurde fester. Obi-Wan versuchte krampfhaft, nicht bewusstlos zu werden; seine Sicht begann sich schon zu verschleiern. Er trat mit seinen Beinen nach der Bestie, doch er hätte auch gegen den Berg treten können.

Als er dachte, dass er es nicht mehr aushalten würde, ließ der Griff des Gorgodon nach und die beiden dicken Arme öffneten sich. Obi-Wan fiel hart zu Boden. Er robbte sich außer Reichweite, als das Tier tot umfiel. Anakin hielt sich noch kurz am Hals des Gorgodon fest und sprang dann ab. Er landete in sicherer Entfernung. Anakin war es gelungen, den weichen, verwundbaren Punkt im Nacken des Tieres zu finden.

Die anderen Gorgodons witterten den Tod ihres Artgenossen. Sie schlugen mit überraschender Geschwindigkeit ihre Klauen in die Eiswand und begannen, zum nächsten Gipfel hochzuklettern.

Anakin deaktivierte keuchend sein Trainings-Lichtschwert, während Obi-Wan sich langsam aufrichtete und versuchte, wieder zu Atem zu kommen. Beide Jedi hielten einen Augenblick inne, ihre Kleider von den Klauen der Gorgodons zerrissen und ihre Haare vom Schweiß verklebt. Obi-Wan nahm seine Schutzbrille ab und Anakin tat es ihm nach.

Der ältere Jedi grinste seinen Padawan an. „Vielen Dank. Jetzt kommt der schwierige Teil."

Anakin wischte sich den Schweiß von der Stirn. „Schön das zu hören. Ich habe mich schon gelangweilt."

Obi-Wan konnte sehen, dass Anakin entgegen seiner Worte von dem Kampf ausgelaugt war. Sein Padawan hasste es, Erschöpfung zu zeigen. Und doch wusste Obi-Wan, dass Anakin sich schnell erholen würde.

„Wir sollten hier unsere Überlebensausrüstung ablegen", sagte Obi-Wan und nahm seine Schutzbrille ab. „Wir werden sie in der Höhle nicht brauchen. Die Kristalle liegen tief in ihrem Innern. Um zu ihnen zu gelangen, musst du an Visionen und Stimmen vorbeigehen. Einige davon werden dich ängstigen. Ein paar von ihnen stammen aus unserer ganz persönlichen Vergangenheit. Es sind deine dunkelsten Ängste. Du musst dich ihnen stellen."

Anakin stand jetzt in seiner Tunika da. Der kalte Wind ließ ihn nicht einmal schauern. Mit aufrechtem Gang betrat er die Höhle. „Ich bin bereit."

Obi-Wan hielt ihn an einem Ärmel fest. „Denke immer an deine Ausbildung, Anakin", sagte er. „Lass deine Ängste zu. Kämpfe nicht dagegen an. Du musst dich ihrer nicht schämen. Sei dir ihrer gewiss und lasse sie los, während du auf dein Ziel zustrebst. Auch von Angst und Zorn können wir etwas lernen. Stelle dich diesen Lektionen und fahre mit Ruhe und Gerechtigkeit fort."

„All diese Dinge weiß ich doch", sagte Anakin. Seiner Stimme war eine Spur Ungeduld zu entnehmen.

„Nein", sagte Obi-Wan leise. „Du weißt sie nicht. Aber du wirst sie bald erfahren."

Als sie in die Höhle traten, waren sie sofort von Dunkelheit umhüllt. Die Wände der Höhle bestanden aus schwarzem Fels. Der Stein war glatt und glänzte, schluckte das Licht aber eher, als dass er es reflektierte. Das Eintreten in die Höhle war wie das Eindringen ins Nichts.

„Sollte ich einen Leuchtstab benutzen?", hallte Anakins Stimme wider.

„Nein. Warte darauf, dass sich deine Augen an die Dunkelheit gewöhnt haben."

Obi-Wan griff in seine Tunika und holte einen kleinen Beutel hervor. Er legte ihn Anakin in die Hand. „Da drin sind der Griff, an dem du gearbeitet hast, und die anderen Teile. Wenn du die Kristalle gefunden hast, wirst du das Lichtschwert deiner eigenen Hand anpassen. Gehe die Aufgabe nicht mit Hast an. Manche Jedi brauchen Tage oder Wochen, um es zu schaffen. Wie lange du auch brauchst, ich werde warten. Wir werden so lange auf Ilum bleiben wie nötig."

Jetzt konnten sie die Form der Wände um sich herum und die Felsbrocken vor ihnen ausmachen. Obi-Wan schritt tiefer in die Höhle hinein und deutete auf die schwarzen Wände. „Hier liegt unsere Geschichte."

Die Geschichte der Jedi war im Laufe der Jahrhunderte auf

die Wände der Höhle geschrieben worden. Die Zeichnungen bestanden aus ausdrucksstarken Formen und Linien, die gerade ausreichten, um eine Begebenheit oder den Charakter eines Jedi anzudeuten. Reihen von Namen reichten von der Decke bis zum Boden. Und es gab Zeichen und Symbole, die weder Obi-Wan noch Anakin verstanden.

Geh wieder hinaus. Hier befindet sich das, was du fürchtest.

Die Stimme war nur ein Murmeln, wie ein rauschender Bach. Anakin sah Obi-Wan fragend an.

„Es beginnt jetzt", sagte Obi-Wan leise. „Du musst allein weitergehen."

Ein Jedi kam von der Höhlenwand auf sie zu. Seine Tunika hing bis zu den nackten Zehenspitzen hinunter. Das Lichtschwert, das er trug, sah wie eine antike Waffe aus. Sein Gesichtsausdruck war so wild, dass Anakin wie angewurzelt stehen blieb. „Es gibt so viele Möglichkeiten, sich in der Galaxis zu vergnügen. Warum beraubst du dich ihrer? Der Weg der Jedi ist schmal. Warum willst du ihn wählen? Er wird dir nichts als Sorgen bringen."

Obi-Wan wartete ab, was sein Padawan tun würde. Die Zeit, ihm Anweisungen zu geben, war vorüber. Nach einem kurzen Augenblick tat Anakin einen Schritt nach vorn und der Jedi-Ritter verschwand einfach.

Anakin wurde bald von der Dunkelheit der Höhle verschluckt. Obi-Wan hätte beim Eingang warten können, doch er war nur einmal vor Jahren in der Höhle gewesen und er bemerkte, dass er noch immer so neugierig war wie einst. Seine Schritte trugen ihn weiter in die Höhle hinein. Einerseits war er bereit, Anakin aus den Augen zu lassen; er wusste, dass sich sein Padawan der Höhle allein stellen musste. Andererseits wollte er aber nicht, dass er allzu weit wegging.

Er sah einen Umriss auf sich zukommen. Ein großer Jedi, kräftig gebaut, doch voller Anmut. Ein raues Gesicht mit einfühlsamen Augen.

„Meister", hauchte Obi-Wan.

Qui-Gon lächelte.

Obi-Wans Herz machte einen Sprung. Freude durchfuhr ihn. Tränen kamen ihm in die Augen.

„Ich habe Euch vermisst."

Qui-Gon sagte nichts. Er deutete auf seine Kehle, so als könnte er nicht sprechen. Obi-Wan sah jetzt, dass sein Bild leicht flimmerte.

Da wirbelte Qui-Gon plötzlich mit aktiviertem Lichtschwert in der Hand herum. Wieder und wieder schlug er auf einen unsichtbaren Feind ein. Obi-Wan taumelte rückwärts und legte die Hand auf den Griff seines Lichtschwerts. Er wusste, dass es nicht wirklich Qui-Gon war, dass sein Meister nicht in Gefahr war – doch der Impuls, ihm zu helfen, war so stark, dass er beinahe seine Waffe gezogen hätte.

Bevor er es tun konnte, stolperte Qui-Gon plötzlich und schaute Obi-Wan an. Der sah den Schock in den Augen seines Meisters.

Genau so hatte er geschaut, als ihn der tödliche Hieb des Sith-Lord getroffen hatte.

„Nein!", rief Obi-Wan. Er konnte diesen Augenblick nicht noch einmal durchleben. Er konnte es einfach nicht. *Dies ist nicht meine Prüfung, Meister. Es ist die meines Padawans. Tut mir das nicht an ...*

Qui-Gon fiel auf die Knie. Sein Blick ruhte weiter auf Obi-Wan. Die Traurigkeit in seinem Blick zerriss Obi-Wan beinahe in zwei Hälften. Er spürte einen heißen und brennenden Schmerz.

Das Bild verschwand, nur um einen Herzschlag später erneut zu erscheinen. Wieder sah Obi-Wan, wie Qui-Gon nach vorn zusammenbrach. Wieder sah er ihn auf die Knie sinken. Obi-Wan war genau so hilflos wie vor vier Jahren, als er auch nicht nach ihm hatte greifen können. Wurde er jetzt damit verspottet, dass er unfähig gewesen war, seinen Meister zu retten?

„Nein", flüsterte Obi-Wan.

Wieder und wieder wurde er dazu gezwungen, Qui-Gons langsames Sterben anzusehen. Er rang nach Ruhe, fand sie aber nicht. Er spürte nichts als Schmerz. Er war hinter einer Energiebarriere gefangen gewesen und hatte gesehen, wie sein Meister zu Boden gefallen war. Es war das zentrale Erlebnis seines Lebens gewesen. Warum wurde er hier dazu gezwungen, es noch einmal zu durchleben?

Qui-Gon war auf den Knien und streckte die Hand nach Obi-Wan aus. Dieses Mal verschwand das Bild nicht. Der

Schmerz drohte Obi-Wan beinahe zu ersticken, als er einen halben Schritt auf seinen Meister zutat.

Doch dieses Mal war etwas anders. Qui-Gons Blick war nicht mehr vom Schmerz verschleiert. Er war klar und deutlich. Er enthielt eine Nachricht. Eine Warnung. Ein Flehen. Obi-Wan wusste es nicht einzuschätzen.

„Was ist es, Meister? Was wollt Ihr mir sagen?"

Qui-Gon schüttelte hilflos den Kopf. Seine Hand zitterte, als er sie nach Obi-Wan ausstreckte. Seine Finger berührten beinahe dessen Tunika. Doch als sie näher kamen, löste sich das Bild in schillernden Funken auf.

Obi-Wan war so verstört, dass er ebenso auf die Knie fiel wie Qui-Gon. Er spürte Tränen auf seinen Wangen. Er hatte eine Nachricht erhalten, konnte sie aber nicht entziffern.

Er wusste nur, dass er gerade seiner größten Angst in die Augen gesehen hatte. Seit Qui-Gons Tod hatte er Angst, dass er seinen Meister sogar bei der Erfüllung seines Vermächtnisses enttäuschen würde. Wollte Qui-Gon ihn warnen, dass er womöglich versagen würde?

Kapitel 3

Visionen und Stimmen. Schatten und Echos. Warum sollte das so schwer sein?

Anakin ging zuversichtlich in die Tiefen der Höhle hinein. Jedi-Ritter erschienen und verschwanden wieder. Stimmen murmelten, er solle wieder gehen; sie sagten ihm, dass er sicherlich nicht sehen wolle, was er sehen würde; dass er trotz seiner Verbindung zur Macht niemals ein richtiger Jedi werden würde.

Anakin ignorierte die Stimmen. Er kannte den Unterschied zwischen Dingen, die er bekämpfen konnte und solchen, bei denen das nicht möglich war. Warum sollte er vor Schatten Angst haben?

Doch dann blieb er wie angewurzelt stehen. Er sah sich selbst.

Er war sieben oder acht Jahre alt und trug die grobe Kleidung eines Sklaven. Er saß in der Ecke an der Höhlenwand und spielte mit etwas herum, das nicht zu sehen war. Anakin hörte den Klang einer Glocke. Ein sanftes Geräusch, leise und angenehm.

Die Glocke rollte plötzlich direkt auf ihn zu. Er zuckte zusammen und bremste sie mit den Füßen ab. Aus der Öffnung der Glocke quoll Blut und ergoss sich über seine Stiefel.

Das ist kein Blut, sagte er sich. Er hörte, wie sein rasend schneller Herzschlag in seinen Ohren pochte. *Schatten und Echos. Und sonst nichts.*

Er war erleichtert, als die Vision seiner selbst wieder verschwand. Einen Augenblick später erschien eine Frau aus der Dunkelheit. Ihre Haare waren schulterlang. Shmi.

„Mutter. Mom ...“

Sie hörte und sah ihn nicht. Sie lief geradewegs an ihm vorbei. Ein paar Haarsträhnen fielen ihr ins Gesicht. Es glänzte vor Schweiß. Angstschweiß. Er konnte ihre Furcht spüren, spürte wie der Luftzug durch seine Haare strich.

Er drehte sich um, doch sie verschwand. Dann blickte er nach vorne und sie war wieder da. Sie lief erneut mit angstverzerrtem Gesicht auf ihn zu.

Das konnte er nicht ertragen. Anakin presste die Augen zu. Als er sie wieder öffnete, war eine Gestalt bei Shmi. Ein großer Mann, eher Tier als Mensch. Anakin konnte sein Gesicht nicht sehen, da es im Schatten lag. Er packte Shmi hart an und schleuderte sie wie Müll zu Boden.

„Nein!“ Zorn durchfuhr Anakin und er lief los. Doch er schien gegen eine unsichtbare Wand zu laufen und prallte zurück. Die schattenhafte Gestalt erhob die Hand gegen Shmi. Sie duckte sich, um den Schlag abzufangen. Sie hatte die Knie angezogen und den Kopf gesenkt. Etwas an dieser Körperhaltung kam Anakin so bekannt vor, dass ihn plötzlich furchtbare Verzweiflung überfiel.

„Nein!", schrie Anakin.

Jetzt sah Shmi ihn zum ersten Mal direkt an. Er sah ihre Angst und ihre Verzweiflung. Auch das kam ihm bekannt vor, so als wäre es eher eine Erinnerung als eine Vision. Aber hatte er seine Mutter jemals verängstigt gesehen? Nicht, dass er sich erinnern konnte.

Er wollte sich in ihren Armen verkriechen, ihre Stärke spüren, doch er konnte es nicht. Er konnte die Angst nicht verscheuchen, die ihr Gesicht verzerrte. Sah er etwas, das tatsächlich passiert war? Oder sah er die Zukunft? Bei diesem Gedanken wurde Anakins Angst nur noch größer.

Anakin empfand die Angst wie etwas Lebendiges, wie ein Wesen, das sich in seinem Körper ausbreitete und ihn zu ersticken drohte. Er kämpfte dagegen an. Angst würde ihn nur schwächen. Nein, er würde die Angst in Stärke umwandeln. Er würde sie verändern und in eine Waffe verwandeln. Eine Waffe des Zorns. Mit Zorn konnte er etwas erreichen.

Obi-Wan hatte ihm gesagt, dass er Angst akzeptieren sollte. Doch das konnte er nicht. Wenn er sie einatmete, würde sie seine Lungen füllen und ihn ersticken. Aber Zorn konnte er lenken.

„Ich werde dich töten!", schrie er der dunklen Gestalt zu.

Die Schattenfigur lachte.

„Ja, das werde ich!" Anakin rannte auf den Schatten zu, konnte ihn aber nicht erreichen. Die Vision löste sich in lauter kleine Lichtpartikel auf.

Mit einem letzten verzweifelten Blick verschwand auch Shmi.

Anakin schlug frustriert mit der Hand gegen die Höhlenwand. Blut rann aus kleinen Schnitten in seiner Haut.

Du kannst sie nicht retten, sagte eine Stimme. *Ganz gleich wie oft du dir einredest, dass du es kannst. Es ist nur ein Traum. Sie durchlebt den Albtraum.*

„Aufhören", flehte er. „Aufhören."

So als hätte die Höhle ihn verstanden, hörte alles auf. Die Höhlenwand war wieder glatt. Was wie Blut ausgesehen hatte, war jetzt nur noch ein feuchter Fleck. Die Dunkelheit senkte sich wie ein schweres Leintuch über ihn.

Anakin ging zitternd ein paar Schritte nach vorn. Er spürte, wie an seiner Stirn und an seinen Wangen Schweiß herablief. Vor ihm sah er ein blasses Leuchten auf dem Höhlenboden.

„Die Kristalle", sagte eine Stimme.

Er drehte sich um. Es war Obi-Wan. Sein Meister lächelte ihn an. „Es ist an der Zeit."

Anakin ging schneller. Er beugte sich vor, um den Höhlenboden zu untersuchen. Die Kristalle wuchsen in wunderschönen Formationen. Sogar in der dunklen Höhle leuchteten sie. Er ließ seine Hand über sie hinweg gleiten, ohne sie zu berühren. Er spürte, wie Vibrationen von ihnen ausgingen. Langsam wählte er die drei aus, die zu ihm zu sprechen schienen. Zu seiner Überraschung ließen sie sich leicht abbrechen. Er tat sie in den Beutel, der an seinem Gürtel hing.

„Bevor du anfängst, musst du meditieren", sagte Obi-Wan. „Versetze dich in Trance, Anakin. Reinige deine Gedanken. Dann werden deine Gefühle dich richtig leiten."

Anakin setzte sich auf den Boden der Höhle. Er leerte den Inhalt seines Beutels in seinem Schoß. Er hielt die drei Kristalle in der Hand. Sie fühlten sich seltsam warm an.

Es fiel ihm nicht schwer, nach der Macht zu greifen – auch hier nicht. Er spürte, wie sie aus der Erde und aus den Felsen um ihn herum aufstieg – und vor allem aus den Kristallen. Das Gefühl der Sicherheit beruhigte ihn.

„Und jetzt fang an", sagte Obi-Wan leise.

Sein Meister lächelte ihn sanft und aufmunternd an. Doch einen Augenblick später veränderte sich Obi-Wans Gesicht. Seltsame Farbstreifen begannen, seine Züge zu bedecken. Hörner wuchsen aus seinem kahlen Schädel. Das Lächeln wurde zu einer Grimasse und Anakin sah Dunkelheit und Böses.

Es war Qui-Gons Mörder. Obi-Wan hatte ihn bis ins letzte Detail beschrieben.

Anakin sprang auf und ließ die Kristalle fallen.

„Habe ich dich erschreckt?", fragte der Sith-Lord. Er begann, um Anakin herumzugehen. „Vielleicht solltest du deine

Jedi-Reflexe trainieren. Du bist beinahe so tollpatschig wie Qui-Gon."

Wut stieg in Anakin hoch. Qui-Gon hatte so viel riskiert, um Anakin von Tatooine zu befreien. Er war es gewesen, der erkannt hatte, dass Anakin ein Jedi-Ritter werden konnte. Anakin verdankte ihm alles. Er griff nach seinem Trainings-Lichtschwert, doch es flog sofort aus seiner Hand.

Der Sith lachte. „Ein Kinderspielzeug. Versuch es einmal hiermit." Er warf Anakin etwas zu. Es war ein fertiges Lichtschwert, wunderbar ausbalanciert und mit einem schlichten Griff ausgestattet. Es war genau die Art von Lichtschwert, die Anakin für sich hergestellt hätte.

Er aktivierte es und eine rot leuchtende Laserklinge erschien.

„Weshalb fürchtest du deinen Zorn?", fragte der Sith-Lord. Er aktivierte sein eigenes Doppel-Lichtschwert mit einer lässigen Geste. „Weshalb fürchtest du deinen Hass? Ich kann ihn spüren. Du hasst mich. Das ist nur natürlich." Er bleckte die Zähne. „Immerhin habe ich deinen Freund wie ein Tier zerlegt."

Mit einem Schrei, der tief aus seinem Innern kam, warf sich Anakin auf den Sith-Lord. Die Lichtschwerter trafen aufeinander. Ihre Gesichter waren dicht beieinander. Er konnte den stinkenden, metallischen Atem des Sith riechen.

„Verstehst du jetzt?", schnurrte Anakins Gegner. „Siehst du jetzt, was du mit Zorn alles erreichen kannst? Er gibt dir Macht. Du kannst ihn wie eine Waffe benutzen. Und noch vor ein paar Augenblicken hast du genau das gedacht. Du willst deine Angst in eine Waffe verwandeln. Warum leugnest du es?"

„Nein", sagte Anakin und drang mit seinem Lichtschwert wieder auf den Sith ein. „Ich werde lernen, meinen Zorn loszulassen. Ich bin ein Jedi."

„Du bist ein Narr", zischte Qui-Gons Mörder. „Es gibt noch andere Wege, Macht zu erlangen."

„Ich strebe nicht nach Macht", sagte Anakin, als sein Lichtschwert wieder gegen das des Sith stieß. Er musste den Griff seines Schwertes mit beiden Händen festhalten, so stark war der Hieb.

„Dann lügst du", sagte der dunkle Lord und ging einen Schritt zurück. „Wie willst du deine arme, weinende Mutter retten, die du zurückgelassen hast, wenn du keine Macht besitzt?"

Wieder wurde Anakin von Hass erfüllt. Er wirbelte herum, ließ sein Lichtschwert kreisen und spannte seine Muskeln an. Doch der Hieb ging durch seinen Feind hindurch.

Der Sith lachte. „Weißt du es nicht mehr, Junge? Ich bin nur eine Vision. Deine Vision. Ich bin der Meister, den du insgeheim haben willst. Ich bin derjenige, der dir das geben kann, was du dir so sehnlichst wünschst."

„Nein!", rief Anakin. Er machte einen Satz nach vorn. Wieder und wieder versuchte er, einen Hieb zu landen. Er versuchte es mit jeder Taktik, die er gelernt hatte. Das Lichtschwert des Sith wirbelte im Kreis und lenkte Anakins Hiebe ab.

Mit einer atemberaubenden Drehung schlug der Sith Anakin das Lichtschwert aus der Hand. Es wirbelte durch die Luft und zerfiel dann in Stücke. Dann streckte der Sith die Hand aus. Anakin spürte, wie die Wellen der Macht auf seinen Körper eindrangen. Er flog durch die Luft und knallte gegen die Höhlenwand. Sein Kopf schlug auf dem harten Stein auf und er rutschte nach unten. Als er wieder einen klaren Gedanken fassen konnte, fand er sich auf dem Boden sitzend wieder. Die Bruchstücke seines Lichtschwerts lagen in seinem Schoß.

„Die Dunkle Seite kann dir geben, was du am meisten begehrst", sagte der Sith-Lord und beugte sich über ihn. Anakin fühlte dessen heißen Atem an seiner Wange. Wie konnte eine Vision atmen?

„Gib es zu", sagte Qui-Gons Mörder. Er erhob sein Lichtschwert zum tödlichen Hieb.

Anakin sammelte seine letzten Widerstandskräfte in sich zusammen. Er starrte seinen Feind eindringlich an. „Ich habe dich geschaffen und ich kann dich wieder verschwinden lassen."

Der Sith, der noch immer das pulsierende Lichtschwert über Anakins Kopf hielt, lächelte ihn an. „Aber ich werde wiederkehren. Ich lebe in dir."

Er verschwand und ließ nichts als Dunkelheit zurück. Anakin sah nach unten. In seinem Schoß lag ein fertiges Lichtschwert. Es war genau das Lichtschwert, das ihm der Sith zugeworfen hatte. War es echt? Er hob es auf und berührte es mit der Hand. Er hielt es fest, es schien echt zu sein. Überdies passte es genau in seine Hände. Er aktivierte es und war überrascht, als eine blau leuchtende Klinge erschien.

Anakin stand auf und drückte die Knie durch, damit seine Beine nicht zitterten. Als er sicher war, dass er wieder Kontrolle über sich erlangt hatte, hastete er zum Eingang der Höhle zurück.

Obi-Wan saß dort im Schneidersitz und wartete meditierend auf ihn. Er stand überrascht auf, als er Anakin sah.

„Seid Ihr es wirklich?", fragte Anakin.

„Ja, ich bin es." Obi-Wan packte Anakins Arm. „Siehst du?"

Dann bemerkte Obi-Wan das Lichtschwert. Anakin hatte es deaktiviert, hielt es aber locker an seiner Seite. „Was ist das?" Er streckte die Hand aus und Anakin gab ihm das Schwert. Obi-Wan sah Anakin ungläubig an. „Das hast du gemacht?"

„So ... so muss es wohl gewesen sein", sagte Anakin. Er wollte Obi-Wan nicht von seiner Vision des Sith erzählen. „Ihr seid mir erschienen. Ihr sagtet mir, ich sollte mich in Trance versetzen. Ich habe die Macht sehr stark verspürt."

Obi-Wan gab Anakin das Lichtschwert zurück. „Das ist ein gutes Zeichen, Padawan. Du lässt dich von deinen Gefühlen leiten. Sei dir darüber bewusst, was du erreicht hast. Wenn du zulässt, dass deine Instinkte dich leiten, dann werden sie dich nicht in die Irre führen. Erinnerst du dich noch daran, wie du während des Kampfes um Naboo das Droiden-Kontrollschiff zerstört hast? Die Macht wird immer mit dir sein."

Anakin nickte. Der Stolz und die Freude in Obi-Wans Stimme beruhigten ihn. Jeder Jedi musste Prüfungen bestehen, um ein Lichtschwert zu erschaffen. Er hatte eine schreckliche Vision durchlebt. Er hatte gewonnen. Er wollte nicht an die Worte denken, die der Sith-Lord gesagt hatte.

Obi-Wans Comlink piepte. Er beantwortete den Ruf und hörte sich aufmerksam die Antwort an. Dann unterbrach er die Kommunikation und wandte sich an Anakin.

„Wir werden wieder im Tempel erwartet", sagte er. „Der Rat hat eine Mission für uns."

Eine Mission! Der Gedanke daran verdrängte die furchtbaren Visionen. Anakin sprang auf. Er hängte sein neues Lichtschwert an den Gürtel. Endlich konnte er seinem Meister ein vollwertiger Partner sein. Er wollte nicht mehr an seinen beunruhigenden Trance-Zustand denken. Nicht mehr an die seltsame Art, auf die das Lichtschwert hergestellt worden war. Das war jetzt nicht wichtig. Dieses Lichtschwert hatte ihn zum Jedi gemacht.

Kapitel 4

„Du zappelst herum", sagte Obi-Wan zu Anakin.

Sie standen vor dem Saal des Rates der Jedi im Tempel. Der kleine Wartebereich war mit bequemen Sitzgelegenheiten ausgestattet, Obi-Wan jedoch zog es vor zu stehen, während Anakin nicht still sitzen konnte. Die Minuten gingen vorüber und sie wurden noch immer nicht hereingebeten.

„Warum wird Eurer Meinung nach Kanzler Palpatine bei der Sitzung anwesend sein?", fragte Anakin. Er holte einmal tief Luft, um seine Muskeln zu entspannen.

„Ich weiß es nicht."

„Aber Ihr habt eine Vermutung."

„Spekulationen sind Zeitverschwendung", sagte Obi-Wan. „Vor allem, wenn man auf den Rat der Jedi wartet."

„Ihr hört Euch an wie ein Droide", brummte Anakin. „Könnt Ihr mir nicht einfach sagen, was Ihr fühlt?"

„Ich fühle, dass du es kaum erwarten kannst, auf diese Mission zu gehen", sagte Obi-Wan.

Anakin betastete das neue Lichtschwert an seiner Hüfte. Es war nicht so, dass er es nicht erwarten konnte, auf die Mission zu gehen – aber er war tatsächlich ungeduldig. Die Anwesenheit von Kanzler Palpatine bedeutete offensichtlich, dass es sich um eine wichtige Mission handelte. Obi-Wan wollte es ihm nur nicht sagen. Die Tatsache, dass man sie ausgesucht hatte, musste wohl auch bedeuten, dass die Zweifel weniger wurden, die der Rat noch gegen Anakin hegte.

Die Tür eines Konferenzzimmers nebenan öffnete sich zischend. Anakins Herz schlug schneller. *Nicht zappeln,* warnte er sich selbst, als er in das Konferenzzimmer ging.

Obi-Wan ging in die Mitte des Raumes; Anakin stellte sich neben seinen Meister. Um sie herum saßen Mitglieder des Jedi-Rates auf Sitzen verschiedener Höhe, sodass jeder von ihnen den selben Blickwinkel hatte. Die Fenster, die sich vom Boden bis zur Decke erstreckten, boten einen Blick auf die geschäftigen Luftfahrtstraßen von Coruscant. Anakin hatte im Laufe der Zeit gelernt, sich nicht von den vielen wendigen Schiffen ablenken zu lassen, die dort draußen vorbeizischten. Schon ein kurzer Blick aus dem Augenwinkel konnte das Missfallen von Mace Windu erregen.

Bei Mace Windu stand Kanzler Palpatine. Er trug eine weinrote Robe aus kostbarem, weichen Veda-Stoff. Ein mit Ornamenten verziertes Cape hing bis zu seinen Stiefelspitzen herab. Der freundliche Ausdruck auf dem Gesicht des Kanzlers gab Anakin ein Gefühl der Sicherheit. Der Kanzler nickte ihm fast unmerklich zu. Sie waren sich einmal auf Naboo begegnet, als Anakin gerade für das Jedi-Training angenommen worden war.

„Der Senat hat uns gebeten, eine Begleitmission zu übernehmen", begann Mace Windu. Wie üblich verschwendete er keinerlei Zeit mit Vorreden. „Der Rat hat Euch auserwählt, ein colicoidisches Diplomatenschiff zu begleiten."

„Gefährlich die Mission nicht sein wird", sagte Yoda. „Und doch heikel sie ist."

Anakin unterdrückte ein Seufzen. Es war ja nicht so, dass er sich auf Gefahren gefreut hatte. Aber gegen ein wenig Aufregung wäre auch nichts einzuwenden gewesen.

„Die Colicoiden mögen die Anwesenheit der Jedi nicht", riet Obi-Wan. Anakin bewunderte jedes Mal, wie schnell Obi-Wans Verstand arbeitete.

Yoda nickte. „Und doch sie wissen, dass notwendig es ist."

„Inwiefern ist das Schiff bedroht?", fragte Obi-Wan.

Kanzler Palpatine bat Yoda mit einem Blick um Sprecherlaubnis. Yodas große Augen blinzelten zustimmend.

„Es wurde bekannt, dass sich der Pirat Krayn in dem Bereich aufhält, durch den die Colicoiden reisen werden", erklärte der Kanzler. „Er hat auch in der Vergangenheit nie gezögert, ein Diplomatenschiff anzugreifen. Wir glauben allerdings, dass ihn ein Jedi-Team abschrecken würde." Palpatine schüttelte bedeutungsschwer den Kopf. „Krayn und seine beiden Begleiter Rashtah und Zora sind skrupellos. Wenn Krayn Schiffe entführt, stiehlt er nicht nur deren Fracht, sondern verkauft auch die Besatzung als Sklaven."

Krayn. Anakins Muskeln spannten sich an. Weshalb zuckte sein Körper bei der Erwähnung dieses Namens ängstlich zusammen? Ihm war plötzlich kalt. Lediglich die Disziplin, die er während seiner Ausbildung zum Jedi gelernt hatte, half ihm, ein unfreiwilliges Zittern zu unterdrücken.

Krayn …

Sklavenräuber. Sklavenhändler.

Der Name, der an jenem furchtbaren Tag auf allen Lippen gelegen hatte.

Räuber, Händler, Räuber, wiederholte Anakins Verstand zusammenhangslos. Erinnerungen überkamen über ihn, doch er konnte sie nicht einordnen. Er konnte lediglich die Verzweiflung erahnen, die sie mit sich bringen würden.

Dann kam langsam alles wieder zurück. Die Erinnerung floss wie Gift in seine Blutbahnen hinein. Jedes einzelne Detail überfiel ihn, genau so, wie er es sich an jenem Tag geschworen hatte.

Er erinnerte sich an den kühlen, klaren Tag auf Tatooine. Ein Picknick. Blumen, die in Amees Haare geflochten waren. Der süße Geschmack einer Fruchtpastete. Und dann der plötzliche Schock, als sie zwischen den Reihen ihrer Häuser umher rannten, als sie Gesichter sahen, die vom Schmerz bis zur Unkenntlichkeit verzerrt waren …

Er war in ihr Haus gerannt und hatte seine Mutter gesehen.

Sie hatte auf dem Boden gesessen, die Beine bis zur Brust herangezogen, so als wollte sie sich vor einem Schlag schützen. Sie hatte aufgeschaut und er hatte die unsagbare Furcht in ihrem Gesicht gesehen … *Nein! Daran hatte er sich niemals erinnern wollen!*

Die Höhle! Es war sowohl Erinnerung als auch Vision gewesen. Das war Anakin jetzt vollkommen klar. Die Ereignisse bekamen jetzt einen erschreckenden Sinn. Er hatte die Erinnerung absichtlich unterdrückt. Aber es war ihm nicht gelungen, dies für alle Ewigkeit zu tun.

Die Erinnerung hatte sich genau diesen Augenblick ausgesucht, um wieder zu ihm zurückzukehren; jetzt, da er den Blicken der Ratsmitglieder ausgesetzt war. Anakin stöhnte beinahe laut auf.

Obi-Wan spürte etwas. Er verlagerte sein Gewicht leicht und lehnte sich zu Anakin hinüber. Die unausgesprochene Botschaft war deutlich: *Ich bin hier. Halte durch, Anakin.*

Doch Anakin hatte seinen Schock schon besiegt. Er sagte sich, dass es *Bestimmung* war, dass er sich hier und jetzt erinnerte. Der Schock wandelte sich mehr und mehr in Erkenntnis. Er hatte Krayn in dieser Höhle gespürt. Krayn war vielleicht die Gestalt gewesen, die Shmi verfolgt hatte. Obwohl Anakin den Piraten niemals gesehen hatte, kannte er ihn. Er kannte den Terror, den er überall verbreitet hatte.

Jetzt hatte er wenigstens eine Chance, ihm gegenüberzutreten. Was für ein Glück, dass er dieser Mission zugeteilt wurde!

Er ließ unbewusst seine Hand an den Griff seines Lichtschwerts wandern.

„Bei allem Respekt vor dem Rat der Jedi und dem Senat", sagte Obi-Wan. „Ich bin mir nicht sicher, ob wir das richtige Team für diese Aufgabe sind."

Anakin konnte einen ungläubigen Blick auf seinen Meister nicht unterdrücken. Was tat Obi-Wan denn nur? Sie waren das ideale Team für diese Mission!

„Der Rat mag sich erinnern, dass Anakin einst selbst ein Sklave war", fuhr Obi-Wan fort. „Er ist in diesem Punkt emotional empfindlich. Als junger Padawan ..."

„Ich bin nicht zu jung!", brach es aus Anakin hervor. „Und ich bin nicht zu empfindlich!"

Mace Windu sah Anakin mit seinen dunklen Augen eindringlich an. Sein strenger Blick konnte sogar einem älteren Jedi-Schüler schlagartig jedes noch so winzige Detail der Regeln in den Sinn rufen, deren Einhaltung er im Alter von fünf Jahren gelobt hatte. „Wir werden dich ansprechen, wenn wir deine Meinung zu hören wünschen, Anakin."

Anakin senkte angesichts von Mace Windus Zurechtweisung betroffen den Blick. Der ältere Jedi-Meister wandte sich mit derselben Strenge an Obi-Wan.

„Hast du Zweifel über deinen Padawan, Obi-Wan? Falls ja, so musst du diese aussprechen. Sie sind dem Rat nicht offensichtlich, vor allem nicht, da du selbst doch erst jüngst an genau dieser Stelle vehement dafür gefochten hast, dass er bereit wäre, nach Ilum zu gehen und sein eigenes Lichtschwert anzufertigen."

Also hatte Obi-Wan darum kämpfen müssen, ihn nach Ilum bringen zu dürfen. In Anakin begann der Trotz zu brodeln. Er hob das Kinn. Na und? Wenn der Rat im Zweifel über ihn war, dann würde er ihn bald eines Besseren belehren.

„Bitte vergebt mir meine Einmischung", bat Kanzler Palpatine sanft. „Ich glaube, ich verstehe Obi-Wans Zögern. Sogar in meiner beschränkten Kenntnis der Jedi-Prozeduren begreife ich, dass Anakin ein Sonderfall ist. Daher werden die Jedi ihn wohl mehr als jeden anderen Schüler schützen wollen."

Anakin lief rot an. Ein Sonderfall! Schutzbedürfnis! Ein Gefühl der Erniedrigung kam über ihn.

„Anakin Skywalker ist kein Sonderfall", sagte Obi-Wan entschieden. „Nur seine außerordentlichen Fähigkeiten unterscheiden ihn von den anderen. Und er braucht sicherlich keinen besonderen Schutz. Vielleicht habe ich mich nur falsch ausgedrückt. Ich halte ihn für vollkommen befähigt, jedwede Mission durchzuführen, auf die der Rat ihn sendet. Mein Zögern war nur vorübergehend. Ich akzeptiere die Mission für mich und meinen Padawan."

Mace Windu nickte langsam. Yoda tat dasselbe, er sah dabei jedoch Anakin nachdenklich an.

Anakin war das alles gleichgültig. Sein Meister hatte für ihn eine Lanze gebrochen. Sie hatten eine Mission. Alles andere spielte keine Rolle. Und er bekam vielleicht eine Chance, Krayn Auge in Auge gegenüberzutreten. Das war das Wichtigste.

Kapitel 5

Das colicoidische Schiff war groß und schwerfällig. Sogar die Diplomatenschiffe der Colicoiden wurden als Frachter eingesetzt und die Schiffsbauer waren eher für ihre Fähigkeiten als Ingenieure bekannt – und nicht für die als Designer. Sie schafften es, mehr Fracht als jedermann sonst in der Galaxis in ein Schiff zu packen. Das taten sie, indem sie den Raum zum Leben verkleinerten. Kabinen und öffentliche Bereiche waren eng und manchmal eigenartig geformt, da sie meistens in Ecken oder Randbereichen des Schiffes lagen. Der Flug würde alles andere als luxuriös werden.

Glücklicherweise war Obi-Wan an einem Punkt angelangt, an dem er seine Umgebung überhaupt nicht mehr wahrnahm – abgesehen von Dingen, die unmittelbar die vor ihnen liegende Mission betrafen. Anakin hingegen fand die absolute Hässlichkeit des colicoidischen Transporters einfach nur abstoßend. Was Raumschiffe anbetraf, so war Anakin ein Verfechter von Eleganz und Geschwindigkeit.

„Ich hatte angenommen, dass Diplomatenschiffe immer die besten in der Flotte eines Planeten sind", murmelte er Obi-Wan zu, als sie an Bord gingen. Sie folgten einem Führer einen schmalen Korridor entlang, wobei sie sich an Ausrüstungsteilen und Frachtkisten vorbeizwängen mussten.

„Dies *ist* das beste Schiff der Flotte", murmelte Obi-Wan zurück.

Sie erreichten die Brücke. Die Kommandozentrale war um einiges kleiner, als es ein Schiff dieser Größe erwarten ließ. Die Piloten-Crew hockte dicht beieinander, eingezwängt zwischen den Steuerkonsolen. Sogar die Decke wurde als Stauraum genutzt: Überall hingen fein geflochtene Durastahl-Netze voller Frachtkisten. Die Ladung verdeckte die Beleuchtung und so war das Licht auf der Brücke ein Muster aus hellen und dunklen Flecken. Der Gesamteindruck, der blieb, war eher ein düsterer.

„Captain, das Jedi-Team ist angekommen", meldete ihr Führer.

Der Captain winkte mit einer langen Hand hinter sich, ohne sich umzudrehen. „Wegtreten."

Der Führer drehte sich um und ging. Der Captain ignorierte die Jedi noch immer. Er starrte auf einen Datenschirm, der an eine der Konsolen montiert war.

Obi-Wan wusste, dass die Colicoiden ihre Anwesenheit nicht mehr als tolerierten. Sollte der Captain auf eine Geduldsprobe aus sein, so würde er sich nicht darauf einlassen. Er warnte

Anakin mit einem Blick – er wollte nicht, dass sein Padawan Ungeduld erkennen ließ. Anakin änderte sofort seinen Gesichtsausdruck und stellte das nervöse Trommeln seiner Finger auf seinem Gürtel ein. Obi-Wan spürte jetzt zwar noch immer die Ungeduld seines Padawans, die Colicoiden hingegen nicht.

Die Colicoiden waren eine intelligente Spezies mit gepanzerten Leibern, langen, antennenbesetzten Köpfen und mächtigen, stachelbewehrten Schwänzen. Obwohl sie als unerbittliche Kämpfer bekannt waren, hatten sie ihre bemerkenswerten Energien schon vor langer Zeit dem Handel zugewandt. Sie hatten ihre Gnadenlosigkeit auf ihre Geschäfte übertragen, was ihrer Rasse zu enormem Reichtum verholfen hatte.

Endlich drehte sich der Captain um. Er blickte alles andere als einladend drein. Er tappte mit zweien seiner spinnenhaften Beine auf den Boden, ein offensichtliches Zeichen der Ungeduld.

„Ich bin Captain Anf Dec. Wir werden in sechs Minuten starten", sagte er. „Ihr könnt Euch auf dem Schiff frei bewegen, aber steht nicht im Weg herum."

Obi-Wan antwortete im gleichen barschen Ton, dessen sich auch der Captain bedient hatte. „Werdet Ihr uns unterrichten, wenn verdächtige Schiffe in Reichweite gelangen?"

„Kein Grund zur Beunruhigung. Wir erwarten keine Schwierigkeiten. Das jedenfalls hat der Senat uns gesagt." Der Captain setzte ein unheimliches Lächeln auf, das zwei Reihen spitzer Zähne entblößte. „Die Jedi sind an Bord."

„Wie auch immer", sagte Obi-Wan streng. „Wir erwarten im Falle potenzieller Probleme benachrichtigt zu werden."

Der Captain zuckte mit den Schultern. „Wie Ihr wünscht." Die Worte klangen wie kleine Explosionen. Captain Anf Dec nahm offensichtlich nicht gern Befehle entgegen – er gab nur gern welche. „Geht jetzt. Wir haben zu tun."

Obi-Wan und Anakin wandten sich um und verließen die Brücke.

„Netter Kerl", sagte Anakin.

„Ich glaube, es ist besser, wir gehen den Colicoiden aus dem Weg", gab Obi-Wan zurück.

„Kein Problem", murmelte Anakin beinahe unhörbar. Sie gingen zu ihrer engen Kabine, die sie sich auch noch teilen mussten. Anakin legte sein Survival-Pack säuberlich neben die schmale Liege, auf der er schlafen würde. Obi-Wan wusste, dass sein Padawan noch immer wegen der Besprechung im Tempel aufgewühlt war. Normalerweise hätte er mit Anakin vor dem Beginn einer solchen Mission ein Gespräch führen müssen, damit der Junge sich beruhigte. Normalerweise wäre Anakin voller Erwartungen und überschüssiger Energie gewesen und hätte alles auf einmal sehen wollen. Der Anakin, den er kannte, hätte sein Survival-Pack hingeworfen und einen Rundgang durch das Schiff vorgeschlagen. Doch dieser neue, stille Anakin saß einfach nur auf seiner Liege und sah sich lustlos seine Umgebung an.

Obi-Wan fragte sich, ob er etwas sagen sollte. Er wusste,

was Anakin beschäftigte. Der Junge war wegen der noch immer vorhandenen Zweifeln des Rates ob seiner Fähigkeiten ebenso genervt wie über die Aussage, dass er sich irgendwie von den anderen Jedi-Schülern unterschied. Das beunruhigte Obi-Wan nicht allzu sehr. Er wusste, dass Anakins Selbstvertrauen stark war. Der Junge glaubte an sich selbst. Anakin war tatsächlich anders und er lernte, dass dies einen Teil seiner Stärke ausmachte. Das musste ihn nicht zum Außenseiter machen. Und Obi-Wan hatte ihm schon einmal gesagt, dass er die Zweifel des Rates nicht persönlich nehmen sollte. Sie mussten nicht bedeuten, dass sie nicht an seine Zukunft als guter Jedi glaubten. Es war ihre Aufgabe, alle möglichen Schwierigkeiten in Betracht zu ziehen. Und den Schülern gegenüber strenger zu sein als ihre Meister es waren. Sie hatten zweifellos Anakins unbewussten Griff nach seinem Lichtschwert bei der Erwähnung des Sklavenhandels bemerkt – wie auch Obi-Wan ihn gesehen hatte.

Nein, die Ursache für Anakins Schweigen lag nicht in der Reaktion des Rates oder in Palpatines Worten. Er war verletzt, weil Obi-Wan versucht hatte, diesen Auftrag abzulehnen. Das musste bei Anakin den Eindruck hinterlassen, er hätte kein Vertrauen in ihn – was alles andere als korrekt war.

Verletzende Worte konnte man in wenigen Momenten aussprechen. Heilende Worte brauchten Zeit. Zeit, um zu wirken.

Obi-Wan konnte Anakin nicht davon überzeugen, dass er seine Worte unbedacht ausgesprochen hatte. Er machte sich tatsächlich Sorgen über die Auswirkungen, die diese Mission auf Anakin haben könnte. Wenn sie sich auf eine Konfrontation mit Krayn einließen, würden Anakins tiefste Gefühle aufgewühlt werden. Obi-Wan wusste, dass sich sein Padawan noch nicht richtig mit den Jahren der Schande und des Zorns auseinander gesetzt hatte, die er als Sklave erlebt hatte. Eines Tages würde er sich ihnen stellen müssen. Obi-Wan hoffte inständig, dass dieser Tag in weiter Ferne lag, wenn Anakin seine Ausbildung abgeschlossen hatte.

Und doch hatte er das Gefühl, dass Mace Windu und Yoda sie beide genau deshalb ausgewählt hatten. Es war nicht das erste Mal, dass Obi-Wan glaubte, der Rat würde zu streng handeln.

Einst hatten sie auch Obi-Wan von den Jedi ausgeschlossen. Damals war er erst dreizehn Jahre alt gewesen und hatte die Entscheidung des Rates nicht verstanden. Er war dazu gezwungen gewesen, seine Gefühle außer Acht zu lassen, um sich seiner Rolle in dieser Sache bewusst zu werden. Er war auf dem falschen Weg gewesen und hatte dies schließlich erkannt. Doch diese Erkenntnis hatte ihn beschämt. Nur durch Qui-Gons Rat hatte er gelernt, dass diese Scham ihn davon abhielt, über die Sache hinwegzukommen.

Konnte er seinem Padawan dieselbe Erkenntnis vermitteln? Qui-Gon hatte es mit einer für ihn typischen Mischung aus Ernsthaftigkeit und Sanftheit getan. Niemand hatte diese beiden Eigenschaften besser kombinieren können als sein Meister.

Obi-Wan fiel es schwer, Anakin gegenüber streng zu sein. Sein Meister hatte zwar einen starken Einfluss auf ihn, aber Obi-Wan war eben nicht Qui-Gon. Er musste seinen eigenen Weg finden.

Der Meister muss darauf achten, seinen Padawan nicht im Hinblick auf seine eigenen Bedürfnisse zu führen. Er muss mit einer ausgewogenen Mischung aus Sorge und Disziplin und in Anbetracht des individuellen Wesens seines Padawans agieren, in Anbetracht seiner besonderen Charaktereigenschaften.

Qui-Gons Vorsicht hatte Obi-Wan so manches Mal irritiert. Doch jetzt verstand er sie völlig. Xanatos' Schatten hatte immer über Qui-Gon geschwebt. Xanatos war Qui-Gons Padawan gewesen und irgendwann zur Dunklen Seite übergetreten. Qui-Gon hatte immer Schwierigkeiten gehabt, Obi-Wan und Xanatos in seinen Gedanken und Handlungen getrennt zu betrachten. Er hatte nicht gewollt, dass Obi-Wans Ausbildung von den Dingen überschattet wurde, die er vielleicht bei Xanatos falsch gemacht hatte. Und das war nicht immer einfach gewesen. Dennoch hatten Obi-Wan und Qui-Gon eine reiche gemeinsame Geschichte gehabt. Obi-Wan wünschte sich dasselbe blinde Vertrauen und dieselbe Zuneigung für sich und Anakin. Sie hatten bereits begonnen, beides aufzubauen.

„Ich habe vor unserem Aufbruch noch mehr Informationen über Krayn bekommen", sagte Obi-Wan zu Anakin. „Du solltest dir sein Dossier ansehen." Er rief die Informationen auf seinem Datapad auf und gab es Anakin.

„Du findest dabei auch eine Beschreibung von Krayns Schiff und seiner illegalen Aktivitäten sowie Hintergrundinformationen über seine beiden Begleiter. Einer davon ist ein Wookiee namens Rashtah. Sehr böse, sehr gefährlich. Für einen Wookiee ist es äußerst unüblich, in den Sklavenhandel verwickelt zu sein, doch er ist Krayn gegenüber anscheinend sehr loyal. Seine andere Begleiterin heißt Zora, eine Menschenfrau."

Anakin sah sich die Holodatei durch. „Hier steht aber nicht sonderlich viel über sie."

„Stimmt. Sie schloss sich Krayn erst vor einem Jahr an." Obi-Wan wandte sich ab. Er wusste alles über Zora. Yoda und Mace Windu hatten ihn separat informiert, bevor er aufgebrochen war. Anakin brauchte nicht zu wissen, dass Zora einmal ein Jedi gewesen war.

Und was noch viel wichtiger war: Zora war einmal Obi-Wans Freundin gewesen. Früher hatte sie Siri geheißen. Sie hatte zusammen mit Obi-Wan die Ausbildung im Tempel absolviert, ein Jahr nach ihm. Er hatte sie sehr gut gekannt – zumindest so gut, wie ein Außenstehender sie überhaupt hatte kennen können. Ihre tiefsten Gefühle waren nur ihr selbst bekannt gewesen. Sie waren als Padawane zusammen auf Missionen gewesen. Siri, die vom weiblichen Ratsmitglied Adi Gallia als Schülerin angenommen worden war, war hoch intelligent und hatte sich geradezu peinlich genau an die Regeln der Jedi gehalten.

Ihre Loyalität gegenüber Adi Gallia war nie angezweifelt

worden … bis es zu einem ernsthaften Zerwürfnis zwischen ihnen gekommen war. Adi Gallia war für ihre Intuition, nicht aber unbedingt für ihre Wärme bekannt gewesen. Sie hatte den einschneidendsten Schritt getan, den ein Jedi-Meister tun konnte: Sie hatte sich von ihrem Padawan getrennt, ohne sie für den Status einer vollen Jedi-Ritterin zu empfehlen. Siri hatte sofort wutentbrannt den Tempel verlassen. Obi-Wan hatte noch versucht, sie zu finden, doch sie hatte jeden Kontakt mit dem Tempel abgebrochen und die Galaxis durchstreift. Ohne ihre Jedi-Familie, ohne jegliche Bindung war sie in schlechte Gesellschaft geraten. Und jetzt setzte sie ihre Fähigkeiten bei der Zusammenarbeit mit Krayn ein. Es war eine erstaunliche Verwandlung, doch Qui-Gon hatte Obi-Wan gelehrt, niemals überrascht zu sein angesichts der dunklen Mächte, die in jedem Wesen kämpften. Siri hatte ihre dunkle Seite bekämpft und verloren.

Obi-Wan und Anakin spürten, wie die Maschinen unter ihren Füßen aufbrüllten. Das Schiff hob langsam von seinem Dock ab und schoss in die Raumfahrtstraße hinaus. Bald würden sie hoch über Coruscant sein und den Hyperantrieb aktivieren.

„Denkt Ihr, dass Krayn das Schiff angreifen wird?", fragte Anakin, als er durch die kleine Sichtluke hinaus in den Himmel blickte.

„Die Colicoiden scheinen nicht davon auszugehen", gab Obi-Wan zurück. „Aber wer weiß? Krayn betreibt komplexe, galaxisweite Unternehmungen. Er wird keine Schwierigkeiten mit den Jedi provozieren wollen."

Auf Anakins Gesicht war so etwas wie Enttäuschung zu lesen. *Er will mit Krayn zusammenstoßen,* wurde Obi-Wan jetzt klar. Das war vielleicht die normale Reaktion eines jungen Mannes auf der Suche nach Abenteuern. Oder es konnte etwas Dunkleres sein.

„Es schien so, als ob du während der Besprechung auf Krayns Namen reagiert hättest", sagte Obi-Wan. „Hast du schon einmal von ihm gehört?"

Anakin sah Obi-Wan an. In den Augen seines Padawans lag ein Schatten, den nur er wahrnehmen konnte, dessen war sich Obi-Wan sicher. „Ich kenne seine Art", sagte Anakin.

Der Junge verschwieg etwas. Er hatte Obi-Wans Frage eigentlich nicht beantwortet. Anakin log ihn niemals an. Zutiefst beunruhigt stellte Obi-Wan fest, dass er es gerade eben doch getan hatte.

Kapitel 6

„Fass das nicht an!" Ein colicoidischer Offizier kam mit klickenden Spinnenbeinen näher. Anakin ging von der Konsole in dem Display-Raum weg. Sie würden den Hyperraum zu früh verlassen.

„Ich habe nichts angefasst", sagte Anakin. „Ich habe mir die Konsole nur angeschaut. So eine habe ich noch nie gesehen."

„Verschwinde einfach", sagte der Offizier und stellte sich vor die Konsole. „Das ist kein Ort für kleine Jungs."

Anakin sammelte seine Kraft um sich. Er wusste, dass sie da war, eine Kombination aus seinem eigenen Willen und der Macht, zu der er mit Leichtigkeit Zugang hatte. Er sah den Offizier eindringlich an. „Ich bin kein kleiner Junge. Ich bin ein Jedi."

Der Colicoide wurde sichtlich unruhig, als ihn der Menschenjunge mit solch konzentrierter Intensität ansah. Er musste all seine Willenskraft aufbringen, um standhaft zu bleiben.

„Wie auch immer. Verschwinde trotzdem", murmelte er und

wandte sich von dem beunruhigenden Blick ab. „Du hast hier nichts verloren."

Anakin entschied innerhalb eines kurzen Augenblicks, dass die Tech-Konsole nicht interessant genug war, um eine Konfrontation zu riskieren. Er ging mit einer würdevollen Haltung weg, die seine Irritation verbarg. Die Colicoiden waren offensichtlich sehr empfindlich, wenn es um ihr Schiff ging. Seiner Erfahrung nach waren die meisten Wesen gern zu einem Gespräch unter Technikern bereit und stolz auf ihre Schiffe. Die Colicoiden hingegen schienen keine besondere Beziehung zu ihren Transportvehikeln zu haben. Sie schienen sie lediglich als ein Mittel zu betrachten, das sie von einem Ort zum anderen brachte. Normalerweise würde Anakin die Zeit totschlagen, indem er jeden Winkel des Schiffes untersuchte, doch die colicoidische Crew war ihm dauernd auf den Fersen.

Er hatte nicht angenommen, dass eine Mission derart langweilig sein konnte.

Wenn Krayn doch nur angreifen würde!

Anakin blieb stehen. Er war schockiert, dass ihm dieser Gedanke so deutlich gekommen war. Jedi wünschten sich keine Konfrontation, sondern stellten sich ihr so neutral wie möglich, wenn sie zustande kam. Sie suchten immer nach friedlichen Lösungen. Anakin durfte sich keineswegs einen Angriff wünschen, nur um eine langweilige Reise etwas aufzupeppen. Das war so unrecht, wie es nur sein konnte.

Aber um ehrlich zu sein: Er wünschte sich Krayns Angriff

nicht, weil ihm langweilig war. Der Gedanke an den Piraten war wie ein Fieber in seinem Körper. Er wollte – *musste* – Krayn Auge in Auge gegenüberstehen. Er wollte wissen, ob die Vision, die er in der Höhle gehabt hatte, wahr gewesen war.

Er hatte noch immer Schuldgefühle, weil er Obi-Wan angelogen hatte. Aber er konnte Obi-Wan nicht sagen, wie die Erinnerungen in ihm explodiert waren – brennende Erinnerungen voller Details, die noch so lebendig waren wie vor sechs Jahren.

Na ja, er hatte ja nicht wirklich gelogen. Er hatte nur keine komplette Antwort gegeben. Unglücklicherweise war das für die Jedi dasselbe wie eine Lüge einem Meister gegenüber. Manchmal konnten die strikten Jedi-Regeln schon nervig sein.

Er konnte nicht über Krayn reden. Noch nicht. Wenn er seine Erinnerungen laut aussprechen würde, würden sie ihn ersticken. Er hatte Angst vor der Leere, die ihn jedes Mal bei dem Gedanken an seine Mutter überkam. Er hatte so viele schlaflose Nächte gehabt, in denen er sich für sein weiches Bett im Tempel schämte, für seine reichen Mahlzeiten, für seine hervorragende Ausbildung und noch viel mehr für sein Glück dort. Wie konnte er nur zufrieden atmen, solange seine Mutter als Sklavin auf einem verarmten Planeten leiden musste?

Zu Beginn seiner Zeit im Tempel hatte er sich an ihre Stimme und ihr Gesicht problemlos erinnern können. Er hatte ihre sanften Worte wiederholen können: *Das größte Geschenk, Anakin, das du mir machen kannst, ist deine Freiheit.*

Aber ihre Stimme war im Laufe der Zeit immer leiser geworden, ihr Lächeln immer ferner. Manchmal fiel es ihm schwer, sich ihr Gesicht vorzustellen, ihre Haut. Er hatte sie seit Jahren nicht mehr gesehen. Er war doch so jung gewesen, als er sie verlassen hatte. Seine größte Angst war es, dass sie ihn eines Tages für immer verlassen könnte. Dass er sie auch als Traum nicht mehr bei sich hatte. Dann würde er vollkommen leer sein.

Obi-Wan Kenobi war im Tempel aufgewachsen, seitdem er ein Baby gewesen war. Er konnte sich nicht vorstellen, dass eine Kindheit auch eine Mischung aus Angst und Scham, aber auch Trost und Liebe sein konnte. Obi-Wan konnte das nur aufgrund seines Intellekts verstehen, nicht aufgrund von Erfahrungen. Es war *eine* Sache, die Auswirkungen einer furchtbaren Kindheit zu sehen. Eine andere allerdings war es, sie jeden Tag zu erleben. Daher sagte eine leise, aber deutliche Stimme in Anakin jedes Mal, wenn ihm sein geliebter Meister erklärte, er müsse seinen Zorn akzeptieren und loslassen, dass sein Meister nicht wusste, wovon er sprach. Er kannte keinen echten Zorn.

Wie konnte er eine solche Wut loslassen? Obi-Wan würde niemals begreifen können, wie diese Wut in jemandem tobte und den Anschein machte, niemals mehr zu verschwinden. Diese Wut hatte die Macht, Anakin aufzufressen. Sie machte ihm Angst, aber Angst wollte er auch nicht akzeptieren. Bedeutete das, dass er niemals ein Jedi-Ritter sein konnte?

Wenn er über seine Ängste nachdachte, drehten sich all seine Gedanken nur noch in diese Richtung und ihn überkam ein Gefühl tiefster Panik. Es war besser, so zu tun, als wäre der Zorn nicht da. Ging es beim Jedi-Dasein nicht ohnehin um Selbstbeherrschung? Er musste einen eigenen Weg finden, seine Gefühle zu beherrschen. Das wäre die beste Methode.

Plötzlich spürte Anakin eine Erschütterung des Schiffes. Er schwankte leicht. Der Erschütterung folgte ein Schlag, der ihn geradewegs gegen die Korridorwand schleuderte. Überall begannen Alarmsignale aufzuheulen.

Anakin rannte durch das Labyrinth der Korridore, um Obi-Wan zu finden. Das Schiff wurde von noch einem Schuss getroffen und begann Ausweichmanöver zu fliegen. Anakin wusste, dass das Schiff zu groß war, um den meisten anderen Raumfahrzeugen effektiv ausweichen zu können.

Er war gerade auf halber Strecke zu ihrer Kabine, als er Obi-Wan auf sich zulaufen sah.

„Wir werden angegriffen", sagte Obi-Wan angespannt. „Es ist Krayn. Lass uns zur Brücke gehen."

Kapitel 7

Die beiden stürmten in das Dämmerlicht auf der Brücke. Die Crew saß angespannt hinter den Kontrollpulten, während ein paar Offiziere aufgeregt von einer Station zur anderen rannten. Draußen vor der Sichtscheibe sahen sie die Dunstspuren von Protonen-Torpedos und einen Regen aus schwebenden Minen. Das Schiff bebte bei jeder nahen Explosion erneut auf. Es war ein Hinterhalt – Krayn musste gewusst haben, dass sie auftauchen würden.

Captain Anf Dec stand auf, hielt sich aber an den Armlehnen des Kommandosessels fest. „Wo ist das Schiff?", brüllte er. „Wo ist das Schiff?"

„Es ist unter uns hinweggetaucht, Captain", rief eines der Crew-Mitglieder.

„Volle Kraft voraus! Volle Kraft! Nein, Antrieb links volle Kraft!" Captain Anf Decs Stimme war an der Grenze zur Hysterie. „Wo ist das Schiff jetzt?"

Der colicoidische Frachter machte einen Satz zur Seite, als

die Crew sich bemühte, die gegensätzlichen Anordnungen des Captains auszuführen. Diesem Sprung folgte ein weiterer Treffer, der jeden auf der Brücke ins Schwanken brachte.

„Krayn ist nach backbord geflogen, Sir", sagte eines der Crew-Mitglieder. „Wir haben einen Treffer in der Treibstoffversorgung abbekommen."

„Wie kann er das wagen!?", rief Captain Anf Dec. „Weiß er nicht, wer wir sind?"

„Doch, Captain. Wir haben sie informiert, dass wir ein colicoidisches Schiff mit einem Jedi-Begleit-Team an Bord sind", sagte das Crew-Mitglied. „So wie angewiesen", fügte er etwas spitz hinzu.

„Backbord-Deflektor-Schild ausgefallen", rief ein anderes Crew-Mitglied.

„Was?", fragte der Captain und ging schwankend zum entsprechenden Display. „Wie ist das möglich?"

„Wir konnten den Schild nicht rechtzeitig komplett hochfahren …"

„Idioten!" Captain Anf Dec fiel beinahe zu Boden, als ein weiterer Treffer das Schiff erschütterte. „Das ist ein Hinterhalt. Sie müssen die Koordinaten unseres Navigationscomputers verändert haben."

Anakin und Obi-Wan starrten aus dem Sichtfenster, als das Piratenschiff in Sicht kam. Es war kleiner als der colicoidische Transporter – und sehr manövrierfähig. Außerdem schienen sie in Sachen Bewaffnung hoffnungslos unterlegen zu sein, wie anhand der Geschützplattformen und Laserkanonen des feindlichen Schiffes unschwer zu erkennen war.

Anakin wusste, dass er aufgrund seiner festen Verbindung zur Macht eine ausgeprägte Fähigkeit zur Einschätzung von Situationen besaß. Doch hier brauchte er nicht die Macht, um zu erkennen, dass sie mit einem beschädigten Schiff und einem panischen Captain in echten Schwierigkeiten waren. Wenn sie Krayn nicht entkommen oder ausweichen konnten, welche Möglichkeiten blieben ihnen dann überhaupt noch? Wenn es um strategisches Denken ging, war Anakin von Obi-Wan abhängig. Sein Meister konnte nicht nur alle Aspekte schwieriger Situationen analysieren, er fand immer auch verschiedene Lösungen und konnte entscheiden, welche davon die beste war – alles innerhalb von Sekunden.

„Unsere einzige Hoffnung besteht darin, mit einem kleinen Fahrzeug wegzukommen und unbemerkt Krayns Schiff zu entern", sagte Obi-Wan. „Wenn wir an Bord kämen, könnten wir die Waffensysteme außer Betrieb setzen."

„Wie bitte?" Der colicoidische Captain drehte seinen langen Kopf. „Was habt Ihr gesagt?"

„Werdet Ihr die Herausgabe eines Eurer Transportfahrzeuge an uns autorisieren?", fragte Obi-Wan.

„Wofür?"

„Um in Krayns Schiff einzudringen", gab der Jedi zurück. „Es ist die einzige Möglichkeit, Zerstörung und Gefangennahme zu entgehen."

„Macht, was Ihr wollt. Mir ist es egal." Captain Anf Dec umklammerte die Armlehnen seines Sessels, als das Schiff vom nächsten Treffer durchgerüttelt wurde. „Unternehmt nur etwas!"

„Ihr müsst aber ein Ablenkungsmanöver durchführen."

„In Ordnung!"

Obi-Wan drehte sich ohne ein weiteres Wort um und lief von der Brücke. Anakin folgte ihm mit klopfendem Herzen. Er bewunderte die Art, wie sein Meister innerhalb von Sekunden die Situation überschaut und die zu ergreifenden Maßnahmen eingeleitet hatte. Es war eine gewagte Aktion, doch sie könnte ihre einzige Hoffnung sein.

Sie erreichten schnell die Tür der Hangarbucht, in der einige kleinere Transporter standen. Sie wurden benutzt, um Frachtgüter oder Passagiere zur und von der Oberfläche zu schaffen, wenn das große Schiff im Orbit um einen Planeten lag.

Obi-Wan blieb stehen und wandte sich zu Anakin um. „Such dir einen aus."

Anakin sah sich die Schiffe an, dankbar für das Vertrauen seines Meisters. Er betrachtete sie aufmerksam mit dem Auge eines Piloten, zog bei seiner Entscheidung allerdings auch die Macht zu Rate. Er musste jetzt auf seinen Instinkt bauen. Er vertraute darauf, dass er die Wahl für das richtige Schiff treffen würde.

„Der G-Klasse-Shuttle", sagte er zu Obi-Wan.

Sein Meister zögerte. „Ein leichteres Schiff könnte schneller sein."

Anakin grinste. „Nicht, wenn ich es fliege."

Obi-Wan nickte. Sie liefen auf den Shuttle mit den drei Flügeln zu. Anakin aktivierte die Einstiegsluke und schwenkte sich in das Cockpit. Obi-Wan folgte ihm auf den Fersen.

Anakin machte sich schnell mit den Kontrollen vertraut. Das Schiff, das er nicht fliegen konnte, existierte noch nicht. Er nahm Kontakt mit der Crew auf, die das Tor der Ladebucht bediente, und informierte sie knapp darüber, dass sie Captain Anf Decs Erlaubnis zum Aufbruch hatten. Einen Moment später öffneten sich die Türen leicht und Anakin aktivierte die beiden unteren Flügel, die sich sofort in den Flugmodus hochklappten. Sie schossen ins All hinaus.

„Da", sagte Obi-Wan nach nur ein paar Sekunden. „Wir sind wahrscheinlich klein genug, um nicht entdeckt zu werden, wenn du in der Nähe dieser Abluftöffnung bleiben kannst. Abgesehen davon hat Krayn gerade sicher etwas anderes zu tun." Der Colicoide hielt sein Versprechen, ein Ablenkungsmanöver zu unternehmen, indem er unberechenbare Flugmanöver vollführte und gerade so viel feuerte, dass Krayn beschäftigt war.

„Und was soll ich dann tun?", fragte Anakin.

„Ich bin offen für alle Vorschläge", gab Obi-Wan zurück.

Aber Anakins Verstand hatte bereits zu arbeiten begonnen, als Obi-Wan das Wort „Abluftöffnung" ausgesprochen hatte. Wenn sie das Heck des Piratenschiffs erreichen könnten, würde es ihnen vielleicht möglich sein, in das Abgassystem des

Schiffes einzudringen. Die Abluft würden den Shuttle bald überhitzen, doch wenn Anakin ihn schnell genug vorwärts bringen würde, könnten sie es vielleicht bis ins Innere des Schiffes schaffen.

Schnell erklärte er Obi-Wan seinen Plan.

Der Jedi nickte. „Das wäre möglich. Aber die Abgasröhren werden zum Schiffsinnern hin enger. Wir könnten eingeklemmt werden."

„Deshalb wird uns dieser Shuttle nützlich sein", sagte Anakin. „Ich kann die Flügel immer weiter einklappen und den dritten Flügel zum Fliegen benutzen."

Obi-Wan runzelte die Stirn. „Dann wird es aber schwieriger, ihn zu kontrollieren."

Anakin nickte. „Ich weiß."

„Und die Hitze in diesem Rohr wird enorm sein. Das Schiff könnte überhitzen."

„Nicht wenn ich schnell bin." Anakin wusste, was Obi-Wan dachte. Er würde das Schiff schnell genug fliegen müssen, damit es nicht zu heiß wurde, und langsam genug, damit es noch manövrierfähig blieb. „Ich glaube, ich schaffe das."

„Du glaubst es?"

„Ich *weiß* es."

„In Ordnung. Also los."

Krayns Schiff hatte sie noch nicht bemerkt und Anakin schaffte es, die schnellen Angriffsmanöver der Piraten exakt nachzufliegen. Er konnte einer Entdeckung entgehen, indem er sich an das Heck von Krayns Schiff hängte. Er sah jede Bewegung voraus, die das Schiff machen würde, als es wieder und wieder die verwundbarsten Stellen des colicoidischen Raumschiffs angriff. Er folgte dem Piratenschiff wie ein Schatten und tastete sich dabei immer näher an den großen Abgasauslass am Heck heran.

Die Abgasöffnung enthielt einen riesigen, wirbelnden Propeller. Anakin hing in der Luft, die Finger an den Kontrollelementen, und versuchte, das Timing der drehenden Propellerblätter abzuschätzen. Obi-Wan blieb dabei vollkommen ruhig; er wollte auf keinen Fall Anakins Konzentration stören. Die kleinste Fehlberechnung könnte sie geradewegs in die wirbelnden Blätter des Rotors tragen.

Anakin wusste, dass wertvolle Sekunden verstrichen und er war Obi-Wan für sein Schweigen dankbar. Er wartete, bis sich die Macht um ihn verdichtet und mit seinen Instinkten und Wahrnehmungen vereinigt hatte. Er behielt die rotierenden Blätter fest im Blick. Je stärker er sich konzentrieren konnte, desto langsamer schienen sie sich zu drehen. Sobald er sicher war, dass er den Rhythmus vollkommen verinnerlicht hatte, gab er Gas und fühlte, wie das Fahrzeug auf die Abluftöffnung zuraste. Im richtigen Augenblick kippte er den Shuttle zur Seite, um durch die Rotorblätter zu gleiten.

Das kleine Schiff erschauderte von den Verwirbelungen, die die mächtigen Rotorblätter erzeugten, doch es zischte mit nur wenigen Zentimetern Abstand zwischen ihnen hindurch. Anakin behielt die Hände fest an den Steuerelementen. Plötzlich wurde die Abgasröhre von einer Energiewelle durchströmt. Er wurde wieder zurück in Richtung der Rotorblätter getrieben!

„Festhalten!", rief er.

Er drückte den Geschwindigkeitshebel nach vorn und gab alles, was die Maschine zu bieten hatte. Eine winzige Berührung der Rotorblätter und der Shuttle würde vollkommen außer Kontrolle geraten.

Der Antrieb schob sie jetzt wieder voran. Anakin hatte alle Mühe, das Schiff auf Kurs zu halten.

Sie wurden jetzt schneller – *zu* schnell. Innerhalb weniger Sekunden erkannte er, dass Obi-Wan Recht gehabt hatte. Der Kanal wurde enger. Bald würde der Abstand zwischen der Wand und den Flügeln des Shuttles nur noch wenige Meter betragen. Anakin bediente schnell die Kontrollen der Tragfläche, sodass sich die beiden Seitenflügel zum Rumpf hin hochklappten. Er spürte, wie der Steuerhebel in seiner Hand zuckte, doch er hielt das Schiff fest und verlangsamte das Tempo.

„Ich sehe Licht vor uns", murmelte Obi-Wan. Obwohl Anakin wusste, dass ihn sein Meister niemals mit offener Kritik ansprechen würde, war ihm klar, dass er dieses Mal zu weit gegangen war. „Ich wette, wir kommen in der Nähe der Turbine des Zentralreaktors heraus", fuhr Obi-Wan fort. „Ich hoffe, dass wir dort einen Landeplatz finden."

Das hoffte Anakin auch. Der Shuttle wurde jetzt von den Luftströmen so stark hin und her geworfen, dass Anakin all seinen Willen aufbringen musste, um ihn wie einen störrischen Bantha zu zähmen. Wegen der Instabilität der Tragflächen und des heftigen Abluftstrahls war das Schiff fast unkontrollierbar.

Doch das würde er nicht zulassen. Er vertraute auf die Fähigkeit des Schiffes, sie dorthin zu bringen, wohin sie wollten.

Er drosselte den Antrieb etwas, als sie sich dem Ende des Schachtes näherten. Sie stießen durch die Öffnung geradewegs in den zentralen Hauptreaktor. Anakin wich schnell den gewaltigen Turbinen aus, die Energieschübe und Gase in den Schacht ausstießen. Wenn er direkt vor dem Auslassschacht landen und den Antrieb abschalten würde, könnte ein heftiger Gasausstoß den Shuttle geradewegs wieder in die Rotorblätter wehen. Stattdessen setzte er das Fahrzeug in einem kleinen Einschnitt in der Wandung ab. Der war noch immer recht nahe am Schacht, doch der Abgasstrahl war nicht stark genug, um das Schiff zu bewegen. Er ließ das Landegestell einrasten.

Obi-Wan suchte die Umgebung ab. „Lass uns zu diesem Laufsteg gehen. Er wird höchstwahrscheinlich zu irgendeiner Tech-Station führen. Das Schiff befindet sich im Angriffszustand, also wird die Crew zu beschäftigt sein, um uns zu bemerken. Lass uns das zumindest hoffen."

Anakin öffnete die Luke und sie stiegen aus dem Schiff. Sie wurden sofort von einer enormen Hitzewand getroffen. Sie ignorierten sie und rannten zu dem Laufsteg. Mit Hilfe der Macht sprangen sie über das hoch über ihnen liegende Geländer. Dann liefen sie den verwundenen Metallsteg an den gewaltigen Generatoren vorbei.

Der Laufsteg führte zu einer kleinen Tür, die mit einem kleinen Handrad als Öffner ausgestattet war. Obi-Wan drehte das Rad schnell eine volle Umdrehung. Mit der Hand am Griff seines Lichtschwerts ging er durch die Tür.

Sie fanden sich in einem Display-Raum für den Zentralreaktor wieder. Er war leer. Diese Displays waren Backups, die nur im Notfall gebraucht wurden. Obi-Wan ging zu einer weiteren Tür und öffnete sie. Dieses Mal befanden sie sich in einem leeren, düsteren Korridor.

„Wir müssen die Waffen-Kontrollzentrale finden", murmelte Obi-Wan. „Sie muss ganz in der Nähe sein. Wir können allerdings nicht davon ausgehen, dass sie leer ist. Ganz im Gegenteil."

Anakin folgte Obi-Wan den Korridor entlang. Es dauerte nicht lange, bis sie ans Ende kamen. Durch ein Fenster in der Doppeltür konnten sie in ein Tech-Center sehen. Obi-Wan gab Anakin mit einem Zeichen zu verstehen, dass er sich auf einer Seite der Tür halten sollte. Er spähte durch das Fenster. Dahinter waren allesamt zu beschäftigt, um Notiz von ihm zu nehmen.

Das Tech-Center war mit Droiden besetzt. Da die Waffen von der Brücke aus kontrolliert wurden, behielten die Droiden lediglich die verschiedenen Systeme im Auge.

„Die Droiden sind mit Arm- und Brustblastern ausgestattet", sagte er zu Anakin. „Sie sind zweifellos darauf programmiert, jeden sofort zu töten, der sich an den Kontrolltafeln zu schaffen machen will. Wir haben nur ein paar Sekunden, bevor sie unsere Gegenwart als bedrohlich registrieren. Es sind vierzehn."

Anakin nickte. Er zog sein Lichtschwert. „Ich bin bereit."

Obi-Wan öffnete die Tür und ging in den Raum. Anakin folgte ihm auf dem Fuß.

„Inspektion", sagte Obi-Wan.

Ein Droide, der die anderen beobachtete, drehte seinen rotierenden Kopf. „Autorisierung?"

Obi-Wans Lichtschwert leuchtete auf. „Hier."

Er machte einen Satz nach vorn und schlug nach dem ersten Kontrollfeld. Anakin ging gleichzeitig nach links und schaltete den Wachdroiden aus, indem er ihm zuerst den Kopf abhackte. Der Droide schwankte mit rudernden Armen und Anakin versenkte sein Lichtschwert in der Brust des Droiden. Angesichts der Macht, die ihm sein neues Lichtschwert verlieh, durchströmte ihn eine Welle der Zufriedenheit. Er befand sich nicht mehr in der Ausbildung.

Die anderen Droiden reagierten schnell. Sie drehten sich auf ihren Hockern um und standen gleichzeitig auf. Blasterfeuer zuckte aus ihren Armen und Brustplatten hervor.

Das Feuer erklang in Anakins Ohren; es kam unregelmäßig und war dicht bei ihm. Der Raum war klein und kahl. Es gab nirgendwo einen Ort, um dem Feuer auszuweichen und sich zu verstecken. Die beiden Jedi hatten nur ihre Lichtschwerter zur Verfügung.

Anakin hielt sein Lichtschwert immer in Bewegung und versuchte, das Feuer abzulenken, während er sich vorwärts schob. Dank der perfekten Balance seines Lichtschwerts waren seine Schläge genau und schnell. Mit einem Bein trat er einen Droiden weg, schlug einen Salto zum nächsten, hackte ihm einen Blasterarm ab und schnitt dann den ganzen Droiden entzwei. In seinem letzten vertikalen Schwung zerstörte er den Droiden auf dem Boden. Dann drehte er sich um und wandte sich dem nächsten Droiden zu.

Obi-Wans Fußarbeit war so schnell, dass man seinen Bewegungen kaum noch folgen konnte. Er wirbelte umher, duckte sich und sprang, wobei sich sein Lichtschwert ständig bewegte. Er streckte eine Hand aus und ließ einen Droiden gegen die Wand fliegen. Innerhalb weniger Sekunden hatte er sieben Droiden auseinander genommen; er drehte sich um und half Anakin, den letzten Droiden in einen rauchenden Haufen auf dem Boden zu verwandeln.

„Und jetzt zu den Waffensystemen", sagte er.

„Wisst Ihr, wie man sie außer Betrieb setzt?", fragte Anakin.

Obi-Wan grinste. „Natürlich. Ich werde einen Trick anwenden, den mir Qui-Gon beigebracht hat." Er hob sein Lichtschwert über den Kopf und ließ es auf das Kontrollpult niedersausen. Rauch stieg auf und Metall verdampfte. Dann schlug er noch ein zweites und drittes Mal zu. Das Kontrollfeld war bald vollkommen zerstört.

„Das dürfte genügen. Lass uns verschwinden."

Anakin folgte Obi-Wan. Er wusste, dass sie nur wenige Sekunden hatten, bevor die nächsten Droiden kommen würden.

Obi-Wan machte sich auf den Weg in den langen Korridor zurück zum Zentralreaktor. Da blieb Anakin plötzlich stehen.

Es erschien ihm nicht richtig, jetzt das Schiff zu verlassen. Krayn war hier, in ihrer Reichweite. Sie hatten die Chance, einen üblen Sklavenhändler dingfest zu machen, der tausende von Wesen ihrer Freiheit beraubt hatte und für den Tod von unzähligen Unschuldigen verantwortlich war.

Wie konnten sie jetzt gehen?

Obi-Wan spürte am Ende des Korridors, dass Anakin nicht mehr hinter ihm war. Er drehte sich um. „Was ist los?"

„Ich kann nicht gehen." Anakin schüttelte entschlossen den Kopf. „Wir sind noch nicht fertig. Wir müssen Krayn vernichten."

„Das ist nicht unsere Mission, Anakin …"

Anakin drehte sich mit grimmiger Miene weg. „Meine schon."

Er wandte sich in die entgegengesetzte Richtung und begann zu laufen.

Kapitel 8

Schockiert wie er war, konnte sich Obi-Wan einen Moment lang nicht rühren. Anakin hatte ihn eiskalt erwischt. Das hatte er nicht vorausgesehen.

Dabei hätte er es voraussehen müssen.

Obi-Wan wirbelte herum und lief seinem Padawan hinterher. Anakin hatte den Korridor genommen, der von der Waffen-Kontrollzentrale wegführte. Der Korridor war bereits leer, als Obi-Wan ihm folgte. Nach nur wenigen Metern öffnete er sich in einen Raum, aus dem wiederum vier Korridore abzweigten. Anakin war in keinem davon zu sehen.

Obi-Wan biss entnervt die Zähne zusammen. Jeden Augenblick könnte eine Truppe dem Ausfall der Droiden nachgehen. Sobald diese Truppe den Kontrollraum betrat, würde sie wissen, dass Saboteure an Bord des Schiffes waren. Dann würde ein Generalalarm ausgelöst werden. In der Zwischenzeit könnte das colicoidische Schiff besiegt sein. Er musste Anakin finden – und zwar schnell.

Er griff nach der Macht und suchte die Energien um sich herum nach Anakin ab. Doch das Schiff war zu groß und zu voll mit Lebewesen. Zu viele dunkle Energie wirbelte umher und wirkte wie ein Schleier zwischen den Jedi. Ganz abgesehen davon, dass Anakin nicht gefunden werden wollte.

Da er sowieso nicht wusste, was er tun sollte, nahm Obi-Wan den Korridor zu seiner Rechten.

Der Pirat Krayn scherte sich offensichtlich nicht sonderlich um die Sauberkeit auf seinem Schiff. Der Frachter der Colicoiden war zwar voll gestopft mit Waren, aber dennoch relativ sauber. Krayns Schiff lag voller Müll und die Wände und der Boden waren öl- und dreckverschmiert. Jedes Mal wenn Obi-Wan Schritte hörte, zog er sich in einen der kleinen Frachträume zurück, die rechts und links der Korridore lagen.

Aber die Zeit lief ihm davon und er musste sich beeilen – und auf sein Lichtschwert bauen, um sich Schwierigkeiten vom Leib zu halten. Obi-Wan folgte dem Korridor, wobei er genau darauf achtete, seine Orientierung nicht zu verlieren. Sämtliche Korridore schienen sich umeinander zu winden und an dem einen Punkt zu kreuzen, an dem er losgelaufen war. Es war wie die Suche in einem Labyrinth.

Er suchte gerade hinter der dritten Biegung und lief dabei so schnell er es wagte, als er den unverwechselbaren Klang der schnellen, metallischen Schritte von Killer-Droiden hörte. Obi-Wan hatte nur Sekunden für die Entscheidung, ob er sich mit ihnen einlassen oder davonlaufen sollte. Da er Anakin noch immer nicht gefunden hatte, beschloss er, umzudrehen und sich in den nächsten Korridor zurückzuziehen.

Doch der war nicht leer. Er war voller Piraten.

Es waren mindestens zwanzig. Sie waren offensichtlich ebenso überrascht wie er und tasteten nach ihren Waffen. Obi-Wan machte einen Satz nach vorn und war mit aktiviertem Lichtschwert bereit für den ersten Angriff.

Als die Piraten sein Lichtschwert sahen, schienen sie perplex zu sein. Zu Obi-Wans Überraschung senkten ein paar von ihnen in den vorderen Reihen die Waffen. Alle anderen Piraten im Korridor taten es ihnen nach und schließlich legten alle ihre Waffen auf den Boden.

Einer der Piraten tat einen Schritt nach vorn. Obi-Wan bemerkte, dass seine Tunika beinahe nur noch aus Lumpen bestand.

„Wir ergeben uns Eurer Gnade, Jedi", sagte er.

Obi-Wan hielt sein Lichtschwert misstrauisch erhoben und aktiviert.

Der Pirat sprach leise weiter. „Ich bin Condi vom Planeten Zoraster. Ich bin kein Pirat. Ich bin ein Sklave. So wie meine Begleiter auch. Wir wurden von Krayn auf unseren Heimatwelten gefangen genommen. Dann hat man uns unter Androhung der Todesstrafe zum Dienst auf diesem Schiff gezwungen." Condi sah ihn eindringlich an. „Den Monden und Sternen sei Dank, dass unsere Rettung jetzt nahe ist."

Obi-Wan deaktivierte sein Lichtschwert. Die nackte Verzweiflung in Condis Gesicht überzeugte ihn. Sie wurde in den Gesichtern all seiner Begleiter widergespiegelt. Offensichtlich hatten alle unter großen Entbehrungen zu leiden.

„Es tut mir Leid", sagte Obi-Wan. „Aber ich bin nicht zu einer Rettungsmission gekommen."

Condi ließ den Kopf sinken, doch dann hellte sich seine Miene gleich wieder auf. „Aber Ihr könnt uns mit Euch nehmen. Wir können Euch beim Kampf helfen."

„Das kann ich nicht." Obi-Wan hatte das Gefühl, als wären diese vier Worte die schwierigsten, die er jemals ausgesprochen hatte. „Ich habe nur ein kleines Schiff. Es ist gerade groß genug für mich und meinen Begleiter." Er wollte ihnen eigentlich versprechen, dass er zurückkehren würde, aber wie sollte er dieses Versprechen halten können? Wenn er mit Anakin das Schiff verließ, würde Krayn verschwunden sein. Sein Schiff konnte sich überall in der Galaxis verstecken. Das Wort eines Jedi bedeutete ihm zu viel, als dass er etwas versprechen würde, das er möglicherweise nicht halten könnte.

Jemand von weiter hinten sagte jetzt etwas. „Ihr wollt uns also hier zurücklassen? Einfach so?"

Obi-Wan wusste nicht, was er antworten sollte. „Ich werde mein Bestes geben, um Euch zu helfen", sagte er schließlich. „Aber nicht hier. Und nicht jetzt. Um Euch zu helfen, muss ich dieses Schiff verlassen."

Condi schluckte. „Dann werden wir Euch dabei helfen."

„Nein." Obi-Wan schüttelte entschlossen den Kopf. „Das

werde ich nicht zulassen. Ich würde Euch in Gefahr bringen. Das Beste, was wir füreinander tun können, ist, hier auseinander zu gehen."

Condis Ausdruck war voller Schmerz, doch er nickte würdevoll. „Wir haben Euch niemals hier gesehen, Jedi."

„Danke." Da sah Obi-Wan eine Bewegung am Ende des Korridors. Anakin!

Er lief durch die Gruppe der Sklaven hindurch zu seinem Padawan. Anakin sah ihn und blieb stehen. Er wusste, dass es keinen Sinn hatte wegzulaufen.

Obi-Wan kam zu ihm. „Anakin, ich habe keine Zeit, mit dir zu diskutieren. Wir müssen gehen."

„Überall sind Patrouillen", sagte Anakin. „Ich kann Krayn nicht finden."

„Unsere beste Chance, diese Operation zu vereiteln, besteht darin, das Schiff sofort zu verlassen", sagte Obi-Wan drängend.

„Aber er ist hier!", widersprach Anakin ihm. „In diesem Augenblick! Wir können ihn vernichten."

„Ein Lebewesen dem Tod zu weihen, ist nicht die Art der Jedi", sagte Obi-Wan voller Ernst zu ihm.

„Nicht einmal, wenn dieses Wesen andere versklavt, sie umbringt, als wären sie nichts, und sie gegen ihren Willen einsperrt?", fragte Anakin. „Ich habe gehört, wie Euch die Sklaven um Hilfe angefleht haben. Ich habe gesehen, wie Ihr ihnen den Rücken zugewandt habt. Wie könnt Ihr sie in einer solchen Misere zurücklassen? Für einen Sklaven bringt jeder Tag nur eine weitere Möglichkeit, zu sterben. Krayn zu töten, bedeutet, sie zu befreien. Wie könnt Ihr so etwas nur tun?"

„Anakin, du musst logisch bleiben", sagte Obi-Wan. Es fiel ihm schwer, nicht die Geduld zu verlieren. „Wie soll ich ihnen denn helfen? Wenn wir Krayns Imperium zerschlagen wollen, brauchen wir einen Plan. Wir können uns nicht einfach an Bord seines Schiffes schleichen und hoffen, dass er uns über den Weg läuft."

„Dieser Plan erscheint mir genau so gut wie jeder andere."

„Das ist aber nicht so. Wir könnten dabei sterben und viele andere auch. Wenn uns nur eine einzige Fehleinschätzung oder nur ein Fehler unterläuft, wird Krayn an denen Rache üben, die er kontrolliert: an den Sklaven. Unser bester Plan kann nur der sein, jetzt zu gehen und den Senat zu bitten, seine Möglichkeiten gegen Krayn einzusetzen. Wir werden hier nicht mehr länger diskutieren. Die Zeit läuft uns davon. Höchstwahrscheinlich suchen schon jetzt die Wachen nach uns und außerdem glaube ich nicht, dass die Colicoiden noch sehr viel länger warten werden. Komm jetzt. Du musst begreifen, dass dies der beste Weg ist."

„*Ihr* seid derjenige, der nicht begreift!", rief Anakin.

Obi-Wan war angesichts von Anakins Vehemenz überrascht, doch er sah ihn weiterhin eindringlich an. Er wollte, dass sein Padawan ihm gehorchte.

Anakin zögerte. Er blickte zu Boden, denn er würde sich natürlich keiner direkten Anweisung widersetzen. Dann nickte er langsam. Obi-Wan spürte allerdings, dass in ihm Wut und Frustration kochten.

Sie würden Zeit brauchen, um dies zu besprechen. Zeit, die sie an Bord des colicoidischen Schiffes haben würden.

Obi-Wan musste sich nicht umdrehen, um zu prüfen, ob sein Padawan ihm auch wirklich folgte. Er spürte dessen wütenden, stillen Widerspruch auf dem Weg zurück zum zentralen Reaktor. Sie trafen keine Droiden-Patrouillen und konnten sich ohne weiteres wieder in den Reaktor schleichen. Schließlich rannten sie den Laufsteg entlang.

Obi-Wan ging gebeugt unter ihren Shuttle, öffnete die Luke und kletterte hinein. Er schnallte sich auf dem Pilotensitz fest und bedeutete Anakin durch die Sichtscheibe, ihm zu folgen.

Anakin kam unter das Schiff. Doch plötzlich schlug ganz in der Nähe seines Kopfes Blasterfeuer in die Schiffswandung ein. Anakin warf sich zu Boden.

Ein Pirat mit Blastern in beiden Händen sprang vom Laufsteg herunter. Er sah menschlich aus, und daher fragte sich Obi-Wan, wie er eine solche Distanz mit einem Satz hatte überbrücken können.

Der Pirat landete nur ein paar Meter von Anakin entfernt. Er hatte seinen Blaster noch immer auf ihn gerichtet, schoss aber nicht noch einmal. Seine kurzen Haare waren geflochten und die Zöpfe mit spitzen, glitzernden Objekten durchsetzt. An seinem Gürtel hingen mehrere tödliche Waffen. Er sah stark aus, war aber nicht sonderlich groß.

Plötzlich wurde Obi-Wan klar, dass der Pirat eine Frau war. Dann blitzten vertraute blaue Augen auf und ein Schock durchfuhr ihn.

Das war nicht irgendeine Frau. Der Pirat war Siri.

Kapitel 9

Siri sah nicht mehr wie ein Jedi aus. Sie trug eine Tunika und Beinkleider aus verschiedenen Häuten. Blasterpanzerungen bedeckten ihre Schultern und ihre Brust. Auf ihren bleichen Wangen prangten rote Narben. Bei näherem Hinsehen entpuppten sie sich als Zeichnungen, die ihr ein wildes Aussehen verleihen sollten. Ihr hellblondes Haar war mit irgendeiner Schmiere dunkel gefärbt. Obi-Wan war angesichts ihrer wilden Erscheinung schockiert.

Und doch musste er darauf vertrauen, dass sie nicht auf Anakin schießen würde.

„Anakin, steig ein", rief er.

Anakin sah in Siris Blastermündung.

„Du wirst nicht auf ihn schießen, Siri", sagte Obi-Wan.

„Ich bin nicht mehr Siri", gab Siri zurück. „Ich bin Zora."

„In dir ist immer noch ein Jedi", sagte Obi-Wan. „Auch wenn du jeden einzelnen Teil unseres Kodex' verraten hast."

„Es gibt so viel Dinge bei den Jedi, die ich nicht vermisse", sagte Siri nachdenklich. Sie stand zwischen Anakin und dem Shuttle. „Eines davon ist ihre Selbstgerechtigkeit. Das ist so furchtbar langweilig."

Anakins Blick wanderte von Obi-Wan zurück zu Siri. Er war vollkommen perplex.

„Zora!" Eine laute, bellende Stimme erfüllte den Raum. „Hast du die Eindringlinge gefunden?"

„Krayn", sagte Anakin, obwohl überhaupt noch niemand zu sehen war.

„Steig ein!", zischte Obi-Wan.

„Zora!" Die bellende Stimme war laut und nahe.

Siri machte einen Satz nach vorn. Mit einer schnellen Bewegung schloss sie die Luke und trennte damit Anakin von Obi-Wan. Dann drehte sie sich seitlich zu den gewaltigen Turbinen. Sie drückte ein paar Tasten auf dem Kontrollfeld und die riesigen Turbinen begannen sich schneller zu drehen.

Obi-Wan erriet ihre Strategie ein paar Sekunden zu spät. Er bekam gerade noch die Steuerelemente zu fassen, als die Turbinen mit der dreifachen Geschwindigkeit als normal zu rotieren begannen. Eine gewaltige Windböe packte den Shuttle wie eine Feder und trug ihn auf den Abluftschacht zu.

Obi-Wan kämpfte im Cockpit verbissen darum, die Kontrolle über das Schiff zu behalten. Zuerst schlug es gegen eine Seite des Schachtes, dann gegen die andere. Schnell öffnete er die seitlichen Flügel des Shuttle etwas, um mehr Kontrolle zu erlangen. Es war alles andere als einfach, das Schiff vor einem

Aufprall und dem Verbrennen zu retten, doch Obi-Wan schaffte es trotz der Turbulenzen, es im Zentrum des Kanals zu halten.

Die Propellerblätter, die sich vor ihm drehten, riefen ihm in Erinnerung, dass er auch in Stücke gehackt werden konnte. Obi-Wan griff nach der Macht und konzentrierte sich mit all seiner Willenskraft auf die vor ihm liegende Aufgabe. Die Zeit schien langsamer laufen, als er seine Geschwindigkeit und die der sich drehenden Rotorblätter abzuschätzen versuchte. In allerletzter Sekunde aktivierte er die Flügel komplett und kippte den Shuttle zur Seite. Als das Schiff den Rotor passierte, traf eines der Blätter eine Tragfläche. In einer wilden Spiralbewegung schoss das Schiff ins All hinaus.

Obi-Wan kämpfte darum, die Kontrolle über das Schiff wiederzuerlangen. Er aktivierte den dritten Flügel, um einen Teil der verlorenen Manövrierfähigkeit wiederzubekommen. Irgendwann stabilisierte sich das Schiff langsam unter seinen Händen. Er drosselte den Antrieb und wendete den kleinen Shuttle. Sollte er dem Piratenschiff folgen oder noch einen Landeversuch in dem Abluftschacht wagen? Obwohl er sich die Frage stellte, wusste er, dass der Shuttle nicht mehr über die für einen solchen Versuch notwendige Manövrierfähigkeit verfügte.

Aber er konnte Anakin auch nicht in den Krallen von Siri und Krayn zurückzulassen. Er durfte nicht zulassen, dass sein Padawan wieder zum Sklaven wurde.

Dann, während er zusah, machte Krayns Schiff in einem Regen aus Lichtenergie den Sprung in den Hyperraum.

Er konnte ihm nicht folgen. Sein Padawan war verschwunden.

Kapitel 10

Alles war furchtbar schnell gegangen. Es war selten, dass Anakin einmal von etwas überrascht wurde. Gerade war er noch wütend auf Obi-Wan, aber bereit gewesen, an Bord des Shuttle zu gehen und im nächsten Moment war sein Meister den Schacht entlang getrieben worden. Er musste also noch immer an seinen Jedi-Reflexen arbeiten. Siri-Zora hatte die Situation um einhundertachtzig Grad gewendet, während er noch damit beschäftigt gewesen war, sich einen Überblick zu verschaffen.

Da erschien Krayn auf dem Laufsteg über Anakin.

Krayn war humanoid, hatte aber die Größe und Gestalt eines Felsklotzes. Sein Körper schien aus Stein gemeißelt zu sein. Sein kahl geschorener Schädel glänzte im gedämpften Licht. Als er näher kam, erkannte Anakin, dass verschiedene Gegenstände an dem doppelten Gürtel um seine Hüfte hingen. Sie baumelten im Rhythmus seiner Schritte hin und her. In einer seiner fleischigen Fäuste hielt er eine Vibro-Axt und mit seinen kleinen, funkelnden Augen beäugte er gewieft die Szenerie.

Neben ihm stand ein riesiger Wookiee. Anakin nahm an, dass es sich dabei um Rashtah handelte. Munitionsgürtel überkreuzten sich vor seiner Brust und um seine Hüfte waren mehrere Blaster geschnallt. Eine gezackte Narbe begann an seinem Haaransatz und verlief über sein Auge bis hinunter zu seiner Lippe. Eine Augenklappe verbarg die Verletzung. Rashtah winkte mit einem Vibro-Schwert in Siris Richtung und bellte zur Begrüßung.

Siri streckte die Hand aus und schaltete die Turbinen ab. Anakin überlegte, was er wohl als Nächstes unternehmen sollte. Für diese besondere Situation gab es keinen Schlachtplan. Würde der Siri-Teil in Zora ihn schützen oder würde ihn die herzlos erscheinende Zora sofort ausliefern? In Obi-Wans Fall hatte sie auf jeden Fall gnadenlos agiert.

Sein Instinkt meldete sich zu Wort. *Schweig einfach. Lass sie reden.*

Also schwieg Anakin, als Krayn auf sie zu stampfte. Die Vibro-Axt drehte er in seiner Hand wie ein kleiner Junge sein Spielzeug.

„Wer ist das? Hast du unsere Eindringlinge gefangen?"

„Nein", gab Siri zurück. „Das ist niemand. Nur ein Sklave. Ich habe ihn vorsorglich als Schild benutzt, brauchte ihn dann aber nicht. Ich fürchte, dass unsere Eindringlinge den Abluftschacht als Weg nach draußen ins All benutzt haben."

„Wenn sie es überhaupt geschafft haben." Krayns dunkle Augen funkelten. „Ich habe Anweisung gegeben, in den Hyperraum zu springen. Wenn sie währenddessen noch im Schacht waren, sind sie jetzt nur noch Weltraumstaub."

Der Wookiee ließ einen vergnügten Laut hören.

„Das wäre nur gut", sagte Siri. Ihre Augen funkelten ebenso gnadenlos wie Krayns.

Sie hasst Obi-Wan, wurde Anakin jetzt klar.

Krayn streckte den Kopf etwas in Richtung des Abluftschachts. „Wir müssen eine Möglichkeit finden, den Schacht gegen Raumschiffe abzusichern. Ich will nicht noch eine solche Überraschung erleben. Da werden ein paar Köpfe rollen."

Während Krayn ihnen den Rücken zudrehte und Rashtah abgelenkt war, griff Siri zu Anakins Gürtel und nahm ihm das Lichtschwert ab. Wieder war sie schneller als seine Wahrnehmung gewesen. Sie hatte es so schnell und geschickt angestellt, dass er seine Entwaffnung kaum registriert hatte. Mit derselben Geschicklichkeit schob sie das Lichtschwert unter ihre Tunika.

Krayn drehte sich um und wandte seine volle Aufmerksamkeit Anakin zu. Der junge Jedi hielt seinem Blick stand. Er konnte sich vorstellen, dass Krayns Blick viele zu Tode ängstigen konnte, doch auf ihn hatte er keine Wirkung. Er war neugierig und voller Abscheu, Angst hatte er jedoch keine.

„Was glotzt du so, Sklave?", brüllte Krayn plötzlich wütend.

Anakin erkannte zu spät, dass Sklaven ihre Meister niemals

direkt ansahen. Aber Unterwürfigkeit zu demonstrieren, war noch nie seine Stärke gewesen.

Siri schob Anakin plötzlich ein Bein an den Unterschenkel, sodass er zu Boden fiel.

„Zeig gefälligst ein bisschen Respekt", zischte sie. Anakin schaute sie voll unverhohlenem Hass an, doch Krayn sah nichts davon. Als sich Anakin wieder zu ihm umwandte, hielt er seinen Blick in Brusthöhe.

„Er sieht stark aus", sagte Krayn und kraulte sich seinen sauber gestutzten schwarzen Bart. „Müsste auf Nar Shaddaa einen guten Preis erzielen."

Jetzt, da er seinen Blick etwas gesenkt hatte, bemerkte Anakin, dass die Objekte an Krayns Brust Talismane waren. Von einigen wollte Anakin nicht wissen, was sie waren, denn sie erinnerten deutlich an getrocknetes Fleisch und es waren ein paar Haarfetzen daran zu erkennen. Dann gab es da noch Edelsteine und Kristalle und eine kleine silberne Glocke ...

Die silberne Glocke. Anakin konnte seinen Blick nicht mehr davon abwenden. Er wusste, was das für eine Glocke war. Er erkannte sie. Es war die Glocke, die Amees Mutter um den Hals getragen hatte.

Da senkte Krayn plötzlich eine seiner fleischigen Hände und griff nach einigen der Talismane. Die Glocke läutete leise und ein seltsamer Schmerz durchdrang Anakins Herz.

„Bewunderst du meine Killertrophäen?", fragte ihn Krayn ruhig und herausfordernd. „Oder glaubst du, du könntest ein paar der Juwelen stehlen? Denk lieber zweimal nach, Sklave. Einer deiner Finger oder dein Skalp könnte am Ende auch dort hängen!"

Er begann zu lachen und Siri und Rashtah taten es ihm nach. Anakin hörte das leise Klingeln der Glocke, als Krayn sich vor Vergnügen schüttelte. Also war Hala tot. Das sanfte Geräusch der Glocke mischte sich mit Krayns polterndem Lachen, bis vor lauter Hass alles vor Anakins Augen verschwamm. Er hätte ihn töten können – hier und jetzt. Er würde noch nicht einmal sein Lichtschwert dazu brauchen. Er könnte es mit den bloßen Händen erledigen …

„Ich bereite die Sklaven für die Landung vor", sagte Siri. „Wir werden bald in Nar Shaddaa sein. Komm, Sklave."

Sie stieß Anakin mit dem Griff ihres Elektro-Jabbers an. „Genieß deinen Aufenthalt an Bord des Schiffes, solange du noch kannst", sagte sie. „Du wirst demnächst in den Gewürzminen arbeiten."

„Für den Rest deines Lebens", fügte Krayn noch immer lachend hinzu.

Anakin spürte, wie sich seine Beine bewegten, als Siri ihn noch einmal mit dem Jabber anstieß, dieses Mal heftiger. Krayn hatte ihm keine Angst eingejagt. Siri auch nicht. Der Umstand, dass er allein war, machte ihm auch keine Angst.

Aber man würde ihn bald wieder als Sklaven verkaufen. Er wusste aus eigener Erfahrung, wie schwer es für einen Sklaven war zu entkommen. Er hatte Geschichten über die Gewürzminen und die Sterblichkeitsrate der dortigen Arbeiter gehört. Er wusste, wie Träume von einer Flucht die Tage erträglicher machten. Er wusste, wie ein grauer Tag auf den anderen folgen würde, während er seinen Kopf nicht heben konnte, da er arbeiten musste. Er wusste, dass die stumpfsinnige Arbeit seine Tage erfüllen würde, bis die Fluchtträume sich in der lähmenden Routine wie ein Nebel verflüchtigen würden.

Er hatte gedacht, dass er in der Höhle auf Ilum seinen schlimmsten Albtraum erlebt hatte. Doch dem war nicht so. Jetzt wurde ihm klar, dass er gerade erst einen Vorgeschmack bekommen hatte.

Kapitel 11

Obi-Wan wusste, dass es sinnlos war, die Situation noch einmal zu überdenken. Doch er wusste auch, dass er nicht in der jetzigen Lage wäre, wenn er schneller reagiert, aus dem Schiff gesprungen und Siri gestellt hätte. Sein Schock hatte seine Reflexe verlangsamt. Wenn Siri ein normaler Feind gewesen wäre, wäre er nicht wie gelähmt im Pilotensitz sitzen geblieben. Wenn er sich nicht daran erinnert hätte, wie sie als Freundin gewesen war, dann hätte er sich vorstellen können, dass sie in der Lage war, ihn vom Schiff zu sprengen und Anakin gefangen zu nehmen.

Obi-Wan ging auf der Brücke des colicoidischen Schiffes rastlos hin und her. Er wusste, dass er froh sein konnte, überhaupt noch am Leben zu sein. Er zweifelte daran, dass die Colicoiden auf ihn gewartet hätten, wäre nicht ihr eigenes Schiff beschädigt gewesen.

Captain Anf Dec hatte keinen Hehl daraus gemacht, dass er die Anwesenheit der Jedi als störend empfand. Er hatte sich bei

Obi-Wan nicht einmal dafür bedankt, dass der das Waffensystem auf Krayns Schiff außer Betrieb gesetzt hatte. Er hatte im Gegenteil noch betont, dass dies das Mindeste war, was er von den Jedi ohnehin erwartet hatte. Obi-Wan spürte, dass der Captain nervös war: Er fürchtete die Reaktion seiner Vorgesetzten auf diese Mission. Die Colicoiden tolerierten bei ihrem Führungspersonal kein Versagen.

Obi-Wan wusste, dass es zwecklos war, Krayns Schiff durch den Hyperraum zu verfolgen, doch er hatte verlangt, dass das colicoidische Kommunikationssystem die Galaxis nach möglichen Austrittsvektoren von Krayns Schiff durchsuchte. Er hatte Anf Dec dem vollen Druck des Senats und des Jedi-Rates aussetzen müssen, bevor der Captain zugestimmt hatte.

Natürlich standen die Chancen schlecht. Ein Piratenschiff registrierte sich nicht auf den Planeten, auf denen es landete. Wenn Reparaturen oder Nachschub nötig waren, würden sie zu einem der vielen Raumhäfen gehen, die gern ein paar Credits mit illegalen Geschäften machten – oder sie würden einfach ein vorbeikommendes Schiff überfallen und es seines Treibstoffs und seiner Nahrungsmittel berauben.

Vielleicht, so dachte Obi-Wan, hatte Krayn sie nur deshalb angegriffen. Vielleicht war es einfach ein Irrtum gewesen. Doch wenn das der Fall war, benötigte Krayn dringend Treibstoff oder Versorgungsgüter und war jetzt auf der Suche nach dem nächstliegenden Raumhafen, der auch Illegale aufnahm.

Bis jetzt hatte die colicoidische Suche nichts ergeben.

Aber hatte Krayn einen Fehler gemacht? Obi-Wans Gedanken drehten sich immer wieder um diese Frage. Er wusste aus den Aufzeichnungen über Krayn, dass der Pirat auch immer dann überlebt hatte, wenn seine kriminellen Kollegen wegen strategischer Fehleinschätzungen, Privatgefechten und schief gegangener Allianzen umgekommen waren. Krayn führte ein verabscheuungswürdiges Leben, doch er war intelligent und wagemutig.

Obi-Wan blieb stehen. Er ließ es zu, dass ihn seine Sorge um Anakin und seine Wut auf sich selbst in Wallung brachten. Wenn der Körper erregt war, ging es dem Verstand gut.

Er beruhigte sich. Er atmete tief durch. Er fand einen Ort in seinem Innern, der wusste, dass Vermutungen zwecklos waren. Er hatte sein Bestes gegeben und alle Möglichkeiten in Betracht gezogen. Was auch immer er noch unternehmen würde – es würde ihn nur bremsen.

Als er so in sich selbst hineinhorchte, hörte er Qui-Gons Worte. Sein Meister hatte sie oft gesagt, wenn sie das Gefühl gehabt hatten, während einer Mission in eine Sackgasse geraten zu sein.

Lass uns das ‚Wer‘ betrachten. Das wird uns zum ‚Wieso‘ führen.

Obi-Wan wurde bewusst, dass er schon seit einiger Zeit Captain Anf Dec ansah. Die demonstrative Unfreundlichkeit des Captains machte ihm nichts aus. Andere Dinge schon. Und als Obi-Wan jetzt seinem Instinkt freien Lauf ließ, kam ihm etwas in den Sinn. Er erinnerte sich wieder an das Unbehagen, das der Captain während ihrer ersten Begegnung an Bord des Schiffes offensichtlich empfunden hatte. Der Captain schien sich nicht die geringsten Sorgen über einen möglichen Angriff von Krayn gemacht zu haben. Das war eigenartig, wo doch die Colicoiden die Hilfe der Jedi angenommen hatten.

Obi-Wan ließ noch einmal den Moment Revue passieren, in dem Krayn das colicoidische Schiff das erste Mal angegriffen hatte. Auch da hatte es etwas in Anf Decs Verhalten gegeben, was ihn gestört hatte.

Der Jedi fokussierte seinen Verstand ganz und gar auf diesen Moment und rief sich alle Details in Erinnerung. Er und Anakin waren auf die Brücke gerannt. Der Captain hatte eine schnelle Folge von Anweisungen gegeben. Er hatte alle Anzeichen gezeigt, einer Panik nahe zu sein. Dabei waren Colicoiden eher emotionslose Wesen. Sie wurden auf Zurückhaltung und Kaltblütigkeit trainiert. Captain Anf Decs Verhalten war äußerst ungewöhnlich.

Und doch war es nicht seine Angst, die Obi-Wan beunruhigte. Es war seine Wut. Das war es, was den Captain außer Rand und Band gebracht hatte – er war überrascht worden. Er schien den Angriff persönlich genommen zu haben.

Aber weshalb? Die Colicoiden hatten die Jedi angeheuert, weil sie von der Möglichkeit ausgegangen waren, dass Krayn sie angreifen konnte.

Oder etwa nicht? Obi-Wan fiel wieder ein, dass Kanzler Palpatine bei der Besprechung dabei gewesen war. Das war unüblich. Das konnte bedeuten, dass die Colicoiden dazu gedrängt worden waren, die Begleitung der Jedi zu akzeptieren. Die Colicoiden hatten sie nicht nur deshalb nicht an Bord haben wollen, weil sie gegenüber Fremden misstrauisch waren, sondern weil …

Weil …

Warum?

Er kannte die Antwort nicht. Aber wenn er sie finden würde, so wusste Obi-Wan, würde sie ihn zu seinem Padawan führen.

Das colicoidische Schiff schleppte sich in einen der geschäftigen Orbit-Raumhäfen von Coruscant. Obi-Wan hatte Yoda und den Rat bereits in einer holografischen Übertragung über alles informiert. Er musste sich nicht erst beim Tempel melden. Er nahm ein Lufttaxi und flog geradewegs zum Senatsviertel, das jetzt direkt unter ihnen lag.

Dort angekommen, lief er eilig den Gehsteig gegenüber vom Senatskomplex entlang. Er bog um eine Ecke und lächelte unwillkürlich, als er ein in fröhlichem Blau gestrichenes Café mit gelben Fensterläden sah. Auf dem Schild stand „Didis und Astris Café".

Didi und seine Tochter Astri waren alte Freunde von Qui-Gon. Der hatte vor sich Jahren einmal freiwillig bereit erklärt, Didi aus ‚leichten Schwierigkeiten' zu helfen. Die ganze Aktion hatte sich zu einer ausgewachsenen Mission entwickelt, in deren Verlauf die Sicherheit und Gesundheit eines ganzen Planeten auf dem Spiel gestanden hatte. Didi hatte eine schwere Blasterverletzung überlebt und war danach weiterhin der erfolgreiche Eigentümer seines Cafés geblieben – jetzt zusammen mit seiner Tochter. Er machte keine Geschäfte mehr mit geheimen Informationen, war aber noch immer ein Freund der Jedi und hielt Augen und Ohren offen.

Obi-Wan öffnete die Schwingtür und erinnerte sich daran, als er das Café vor dreizehn Jahren zum ersten Mal gesehen hatte. Es war verfallen, voll und dreckig gewesen. Didi hatte voller Begeisterung über das chaotische Café regiert und war mit seinen Gästen auf eine beinahe väterliche Art umgegangen. Dabei hatte er es aber niemals geschafft, die Tische sauber zu halten oder das Essen einigermaßen nahrhaft zu gestalten. Es war Astri gewesen, die das Café in ein florierendes Restaurant mit schmackhaftem Essen verwandelt hatte. Ihre Kundschaft hatte sich langsam verändert. Es aßen zwar noch immer Schmuggler und Kriminelle hier, doch jetzt gesellten sich auch Senatoren und Diplomaten dazu.

Obi-Wan blieb einen Augenblick stehen und ließ auf der Suche nach Didi oder Astri seinen Blick über die Köpfe der Gäste schweifen. Es war nun schon wieder beinahe ein Jahr her, dass er sie das letzte Mal besucht hatte. Die Nachricht über Qui-Gons Tod hatte beide tief erschüttert.

An einem der Tische stand eine größere Frau – vielleicht etwas älter als Obi-Wan – und unterhielt sich mit zwei Gästen, die die Roben von Senatsassistenten trugen. Das lockige Haar der Frau quoll unter einer weißen Mütze hervor, ihre weiße Schürze war in verschiedenen Farben bestickt. Als sie sich zu den Assistenten hinunterbeugte, stieß sie beinahe eine Teetasse um. Obi-Wan musste trotz seiner Ungeduld grinsen. Astri hatte sich nicht verändert.

Als sie aufsah, trafen sich ihre Blicke. Astris hübsches Gesicht erstrahlte in einem breiten Lächeln.

„Obi-Wan!" Sie lief zu ihm, um ihn zu begrüßen, und stieß dabei vor lauter Hast einen Stuhl um. Sie ließ sich in seine Arme fallen. Als Obi-Wan sie umarmte, spürte er ihre Locken auf seiner Brust. Früher hätte er sich angesichts solcher Gefühlsausbrüche unwohl gefühlt, doch das war vorbei. Qui-Gon war ihm ein Beispiel gewesen. Obi-Wan erinnerte sich noch daran, wie verdutzt er als Padawan gewesen war, als sein Meister Didi umarmt hatte.

Astri ließ ihn los. „Hast du Hunger? Es gibt heute einen großartigen Eintopf."

Er schüttelte den Kopf. „Ich brauche Hilfe."

Ihr rastloser Blick wurde ernst. „Komm, wir suchen Didi."

Doch da kam bereits ein kleiner, dicklicher Mann auf sie zu. Seine sanften braunen Augen weiteten sich voller Freude. Auch er nahm Obi-Wan fest in den Arm, obwohl er dem Jedi kaum bis zur Schulter reichte. „Welch ein Augenschmaus!", gluckste er. „Der tapfere und weise Obi-Wan Kenobi, mein guter Freund, dem ich mein Leben und das meiner Tochter verdanke!"

„Obi-Wan braucht unsere Hilfe, Didi", unterbrach Astri den Redeschwall ihres Vaters. Didi hätte noch ewig mit Schmeicheleien und sentimentalen Reden weitergemacht.

Didi nickte. „Also kommt mit in mein Privatbüro."

Obi-Wan folgte Didi und Astri in ein kleines, unordentliches Büro hinter der langen Theke. Hatte sich das Café seit der Übernahme durch Astri entscheidend verändert, so war das Büro noch immer ein Chaos aus verblassten Databögen, Tellern verschiedenster Größe und Muster, Stapeln frisch gewaschener Tischdecken und halb voller Teetassen.

„Was kann ich für dich tun, mein Freund?", fragte Didi. „So ungeeignet ich dafür auch sein mag, ich stehe zu deiner Verfügung."

„Ich brauche nur Informationen", sagte Obi-Wan. „Und auch wenn du keine Antworten weißt, könntest du mir vielleicht einen Tipp geben, wer diese Antworten haben könnte. Ich suche nach möglichen Verbindungen zwischen einem Sklavenhändler namens Krayn und den Colicoiden."

Didi runzelte die Stirn und Astri rümpfte die Nase.

„Ich mag die colicoidischen Senatoren nicht", sagte sie. „Denen ist niemals etwas gut genug."

„Von Krayn habe ich schon einmal gehört", sagte Didi. „Die Galaxis wäre ziemlich erleichtert, wenn es diesen Dämon nicht mehr gäbe. Mir sind keine Verbindungen bekannt, aber …"

Obi-Wan wartete ab. Er wusste, dass Didi jetzt im Geiste seine lange Liste mit Kontakten durchging.

„Versuch es mal bei Gogol im Dor", sagte Didi schließlich. „Ich lasse ihn hier nicht mehr rein, seit ich weiß, womit er Handel treibt. Ich habe gehört, dass er auch mit Krayn Geschäfte macht."

„Das Dor?", fragte Obi-Wan. „Davon habe ich noch nie gehört."

„Natürlich hast du das", sagte Astri. „Das Splendor. Die Buchstaben am Schild wurden immer wieder durch Blasterfeuer weggeschossen und irgendwann haben sie es aufgegeben, es zu reparieren. Seitdem nennt es jeder das Dor." Astri schauderte. „Ich würde niemals einen Fuß in diesen Laden setzen."

Didi sah Obi-Wan eindringlich an. „Du musst gut auf dich Acht geben, Obi-Wan. Gogol ist ein harter Knochen."

Er gab Obi-Wan eine schnelle Beschreibung und umarmte den Jedi dann noch einmal fest; auch Astri drückte Obi-Wan an sich. Er versprach ihnen, auf eine Mahlzeit zurückzukehren und machte sich eilig davon.

Er war mit Qui-Gon einige Male im Splendor gewesen. Er hatte bei diesen Ausflügen Teile der Stadt gesehen, die unterhalb der Oberflächenebenen von Coruscant lagen, wo das Tageslicht nicht mehr durchdrang. Hier waren die Gehsteige schmal und dreckig, die verwinkelten Gassen gefährlich und alles war mehr schlecht als recht von ein paar wenigen Lampen beleuchtet, von denen die Hälfte zerschossen war und von niemandem repariert wurde. Hier war der Abschaum der Galaxis zu finden, die schlimmsten Kriminellen und Ausgestoßenen. Hier konnte man ein niedriges Kopfgeld auf seinen Feind aussetzen.

Das zwielichtige Splendor hatte sich nicht verändert. Das Metalldach schien gleich einzustürzen und die Fenster waren eigenartig verbarrikadiert. Die Tür war von Blasterfeuer durchlöchert. Die Buchstaben DOR leuchteten blass im Dämmerlicht. Vor Jahren, als Obi-Wan noch ein Padawan gewesen war, hatte er das Dor unsicher und nervös betreten. Jetzt trat er einfach ein, als würde es ihm gehören.

Der Imbat-Barkeeper hinter der Theke war nicht mehr derselbe, hätte es aber genauso gut sein können. Er strahlte dasselbe Desinteresse seinen Gästen gegenüber aus, hatte dasselbe Vergnügen, seine Gäste mit einer gewaltigen Pranke von den Stühlen zu fegen, um ihnen nur allzu deutlich zu machen, dass sie noch etwas trinken sollten.

Obi-Wan stellte sich ans Ende der Bar und wartete ab. Er wusste, dass er die Aufmerksamkeit des Imbat nicht auf sich lenken musste. Der Barkeeper kam irgendwann von selbst näher und beugte seinen gewaltigen Oberkörper hinunter, um Obi-Wan im Lärm der Musik und beim Geräusch des sich drehenden Glücksrads besser hören zu können.

„Gogol", sagte Obi-Wan zu ihm.

Der Imbat schaute in Richtung eines bestimmten Tisches. Obi-Wan warf ein paar Credits auf die Bartheke.

Gogol sah genau so aus, wie Didi ihn beschrieben hatte: ein Humanoider mit halb geschorenem Kopf und langem Haar im Nacken, das auf seinen Rücken hinabfiel. Er spielte mit sich selbst Dice, doch an beiden Enden des kleinen Tisches lagen gestapelte Wetteinsätze.

Obi-Wan setzte sich Gogol gegenüber an den Tisch. Er schwieg.

Gogol sah nicht von seinem Spiel auf. „Was willst du, Kumpel?"

Obi-Wan warf ein Bündel Credits auf den Tisch. „Informationen über Krayn."

Gogol warf einen Blick auf das Bündel, berührte es aber nicht.

„Dann musst du aber mehr rausrücken als das da."

Obi-Wan schob noch ein Bündel Credits in die Mitte des Tisches. Gogol zählte beide Bündel.

„Ich will wissen, was er gerade treibt", sagte Obi-Wan.

„Das ist eine ganz schön heftige Frage, Kumpel." Gogol sah auf. Er blinzelte hektisch. „Niemand kennt die volle Antwort auf diese Frage."

„Dann sag mir, was du weißt. Hat er Deals mit den Colicoiden laufen?"

„Dieser Tisch sieht irgendwie furchtbar leer aus", sagte Gogol.

Obi-Wan legte noch ein paar Credits mehr nach.

Gogol leckte sich zufrieden die Finger ab, als er die Credits zählte. Obi-Wan hoffte inständig, dass er ihm vertrauen konnte – zumindest was die Informationen betraf. Meistens wussten Typen wie Gogol, dass Lügen nur zu ihrem eigenen Nachteil waren. Sie brachten sie nur in noch größere Schwierigkeiten als sie ohnehin schon hatten.

„Man erzählt sich, dass die Colicoiden den Gewürzhandel übernehmen wollen", sagte Gogol. „Sie haben heimlich die Kessel-Minen übernommen. Jetzt brauchen sie noch einen großen Planeten für die Weiterverarbeitung. Dafür wäre der Mond Nar Shaddaa ideal. Aber der einzige Weg daranzukommen, führt über Verhandlungen mit Krayn. Er kontrolliert die Fabriken von Nar Shaddaa. Und weil er aus den Höhlen dort nicht genügend Gewürz gewinnt, importiert er es aus Kessel. Eine absolute Traumhochzeit", kicherte Gogol.

Obi-Wan kannte den Mond Nar Shaddaa. Er wurde auch oft Schmugglermond genannt, denn er war ein Hafen für alle möglichen Kriminellen. Außerdem war Nar Shaddaa ein wichtiges Bindeglied im illegalen Gewürzhandel. Obi-Wan hatte allerdings nicht gewusst, dass Krayn auch damit etwas zu tun hatte.

„Aga Culpa ist der Regent von Nar Shaddaa", sagte Obi-Wan. „Kontrolliert er nicht auch die Fabriken?"

„Er regiert vielleicht den Mond, kontrollieren tut er ihn aber nicht. Auf Nar Shaddaa tanzt alles nach Krayns Pfeife. Krayn verspricht, keine colicoidischen Schiffe anzugreifen und die versprechen dafür, seine Sklaven für die Gewürzminen zu kaufen und seine Fabriken zu benutzen. Guter Deal, oder nicht, Kumpel?"

Ein sehr guter Deal, dachte Obi-Wan düster, wenn man den Umstand ignorierte, dass Grausamkeit, Habgier und der Verkauf von lebenden Wesen damit verbunden waren.

Er stand auf und ging schnell aus dem Dor. Draußen blieb er einen Augenblick stehen. Es hatte zu regnen begonnen und die Tropfen auf seinen Wangen waren ihm willkommen.

Die Erwähnung der Gewürzminen hatte bei ihm sofort wieder eine Erinnerung wachgerufen. Er wusste, dass Adi Gallias und Siris letzte gemeinsame Mission mit den Schmuggelaktivitäten an der Kessel-Passage zu tun gehabt hatte. Gewürz war eine gesetzlich kontrollierte Substanz und erzielte deshalb auch auf dem Schwarzmarkt enorme Preise. Man hatte die Jedi schon darum gebeten, dem illegalen Handel ein für alle Mal das Handwerk zu legen. Doch Adi Gallia und Siri hatten keinen Erfolg gehabt. Etwas war auf der Mission geschehen, das eine tiefe Kluft zwischen ihnen aufgerissen hatte.

Konnte das etwas mit den Colicoiden … und Krayn zu tun haben?

Obi-Wan lief los und suchte ein Lufttaxi. Als er sich nicht sicher war, in welcher Richtung er als Nächstes vorgehen sollte, kam ihm wie immer sein Meister in den Sinn. Er erinnerte sich an Qui-Gons Ratschläge – Ratschläge darüber, dass man auf seinen Instinkt vertrauen musste und dass man niemals zulassen durfte, dass Zorn das Urteilsvermögen vernebelte. Ratschläge, die Obi-Wan an Anakin weitergegeben hatte. Er hät-te auf sein Herz hören sollen.

Sein Herz nämlich sagte ihm jetzt eine einfache Wahrheit. Siri würde die Jedi niemals verraten.

Kapitel 12

Wieder stand Obi-Wan vor dem Rat der Jedi. Dabei war das der letzte Ort, an dem er jetzt sein wollte. Er hatte seinen Padawan verloren, der von einem Sklavenhändler gefangen worden war. Die Colicoiden waren furchtbar wütend auf die Jedi und hatten vor dem Senat bereits Einspruch erhoben. Obi-Wan konnte sich vorstellen, dass der Rat mit den Ergebnissen seiner Mission nicht sonderlich zufrieden war.

Er verschwendete jedoch keine Zeit damit, zu erklären, was schief gegangen war. Jedi konzentrierten sich immer auf Lösungen.

„Ich habe herausgefunden, dass die Colicoiden möglicherweise mit Krayn im Bunde stehen", sagte Obi-Wan sofort, nachdem er die Ratsmitglieder respektvoll begrüßt hatte. „Sie wollen den Gewürzhandel übernehmen und Krayn möchte der einzige Lieferant von Sklaven für die Gewürzminen sowohl im Kessel-System als auch in Nar Shaddaa werden."

Ein paar der Ratsmitglieder tauschten bedeutungsvolle Blicke aus. Wenn das stimmte, würde der illegale Gewürzhandel blühen und gedeihen.

„Schlechte Nachrichten dies sind für die Galaxis", bemerkte Yoda.

„Wir haben jetzt einen Grund, um auf Nar Shaddaa Ermittlungen anzustellen", sagte Obi-Wan. „Dann können wir sowohl die Colicoiden enttarnen als auch Krayn zu Fall bringen. Und was noch viel wichtiger ist: Ich glaube, dass Anakin sich auf Nar Shaddaa befindet. Ich gehe davon aus, dass die Colicoiden dorthin geflogen wären, nachdem sie uns an unserem ursprünglichen Ziel abgesetzt hätten."

„Was verlangst du von uns, Obi-Wan?", fragte Mace Windu. Seine schwarzen Augen sahen Obi-Wan an.

„Ein sehr schnelles Schiff und die Erlaubnis, mich in Krayns Unternehmungen einzuschmuggeln", gab Obi-Wan zurück. „Das ist das eine. Aber zweitens – und das halte ich für sehr wichtig – möchte ich gern in ein Geheimnis eingeweiht werden." Er drehte sich zu Adi Gallia um. „Ich glaube nicht, dass Siri zur Dunklen Seite der Macht übergetreten ist. Ich glaube, dass sie verdeckte Ermittlungen anstellt. Wenn ich mich in Krayns Unternehmungen einschleiche, muss ich über ihre Mission Bescheid wissen."

Adi Gallias würdevolles Gesicht zeigte keinerlei Regung. Dann warf sie Yoda und Mace Windu einen schnellen Blick zu.

Yoda nickte langsam. „Recht du hast, Obi-Wan."

„Siri sammelt nur Informationen", sagte Adi Gallia. „Wir

fanden heraus, dass die Verbindungen zwischen Krayn und den verschiedensten Regierungen überaus vielschichtig sind. Wir brauchten einen vollständigen Überblick. Siri hat sich unter die Piraten gemischt und Krayns Vertrauen erschlichen. Krayn hat keine Ahnung, dass sie ein Jedi ist. Es ist bestens bekannt, dass er alle Jedi als seine Feinde ansieht und dass seine Mannschaft angewiesen wurde, jeden gefangenen Jedi auf der Stelle zu exekutieren. Es hat Siri beinahe zwei Jahre gekostet, diese Vertrauensebene in Krayns Organisation zu erreichen. Wir dürfen ihre Sicherheit keinesfalls gefährden."

„Aber Anakin ist bei ihr …"

„Dann wird sie ihn beschützen", sagte Adi Gallia streng. „Ich bin mir nicht sicher, ob es weise ist, noch einen Jedi zu schicken. Das könnte ihre Tarnung gefährden."

„Vielleicht", sagte Mace Windu. „Aber vielleicht haben wir auch lange genug gewartet. Wenn die Colicoiden in diese Sache verwickelt sind, intensiviert das nur den Druck, mit dem wir auf die Beendigung des Gewürzhandels hinarbeiten müssen."

„Ich mache mir Sorgen um Anakin", sagte Obi-Wan. „Es gibt nur eine Möglichkeit, wie Siri ihn beschützen kann. Sie muss ihn zum Sklaven machen. Ich weiß nicht, wie er darauf reagieren wird."

„Wir davon ausgehen, dass wie ein Jedi er sich verhalten wird", sagte Yoda mit einer gewissen Schärfe. Er blinzelte Obi-Wan mit seinen grau-blauen Augen an. „Geduld er finden wird."

Obi-Wan konnte nun keine Diskussion beginnen, ohne damit ein schlechtes Licht auf Anakin zu werfen. Aber er wusste, dass Geduld nicht gerade Anakins Stärke war.

„Siri hat uns eine verschlüsselte Nachricht geschickt, Obi-Wan", sagte Mace Windu. „Wenn du nicht zu uns gekommen wärst, hätten wir dich gerufen. Anakin ist in Sicherheit. Er ist nun tatsächlich ein Sklave in der Gewürzfabrik von Nar Shaddaa. Sie behält ihn im Auge."

„Ich muss dorthin gehen", sagte Obi-Wan.

„Auch Geduld du haben musst, Obi-Wan", sagte Yoda. „Mit Adi Gallia uns beraten wir müssen."

„Bitte warte draußen, Obi-Wan", sagte Mace Windu streng.

Obi-Wan verließ zögernd den Raum. Er war zu unruhig, um im Warteraum vor dem Ratssaal zu sitzen. Also blieb er einfach draußen stehen und starrte die Tür an.

Er hatte auf Krayns Schiff zu Siri üble Dinge gesagt. Jetzt bereute er es. Er hätte seine Aufmerksamkeit darauf richten müssen, was er im Laufe der Jahre über sie gelernt hatte. Er hätte sich daran erinnern müssen, wie beeindruckt er immer von ihrer Integrität, von ihrem Mut und von ihrer tiefen Überzeugung für den Weg der Jedi gewesen war. Stattdessen hatte er nur über Hass und Verrat gesprochen.

Und jetzt war Siri das einzige Glied, was Anakins Überleben sichern konnte.

Obi-Wan musste nicht lange warten. Nach nur wenigen Minuten trat Adi Gallia aus dem Ratssaal.

„Wir haben beschlossen, deiner Bitte stattzugeben", sagte die große Jedi-Ritterin. „Du kannst auf Nar Shaddaa zu Siri stoßen." Er bemerkte, wie sie kurz ihre würdevolle Haltung aufgab, als sie zögerlich eine Hand nach ihm ausstreckte, sie aber gleich wieder zurückzog. „Ich weiß, dass du vorsichtig sein wirst, Obi-Wan. Deshalb muss ich es eigentlich auch nicht sagen. Und doch tue ich es. Siri ist in großer Gefahr. Sie hat viel riskiert. Bitte …"

Adi Gallia war zurückhaltend und vorsichtig. Sie bat niemals um Trost und hielt sich selbst meistens zurück. Daher war Obi-Wan jetzt bewegt angesichts ihrer Sorge und reagierte spontan darauf. Er nahm ihre Hand und drückte sie zwischen seinen beiden Handflächen. „Ich werde Euch nicht enttäuschen", sagte er.

Kapitel 13

Die Sirene heulte auf und brach mit einem metallenen Geräusch abrupt wieder ab. Sie kündigte einen neuen Tag an. Einen Tag wie den gestrigen. Einen Tag wie den morgigen, wenn man ihn erlebte.

Anakin war erst seit fünf Tagen hier, doch es kam ihm wie ein ganzes Leben vor.

Es könnte viel, viel schlimmer für uns sein, Annie.

Jetzt begriff er Shmis Worte mit jeder Faser seines Körpers. Im Vergleich dazu war die Arbeit bei Watto geradezu paradiesisch gewesen.

Die Fabriken von Nar Shaddaa waren hunderte von Stockwerken hoch und erstreckten sich auf einer Fläche von vielen hundert Quadratmetern. Das Gewürz durchlief einen mehrstufigen Verarbeitungsprozess. Da es grellem Licht nicht ausgesetzt werden durfte, lebten die Sklaven in ewiger Dunkelheit. Der größte Teil des Gewürzes wurde von Schiffen abgeladen, die die Kessel-Passage geschafft hatten. Doch das Gewürz wurde auch in riesigen unterirdischen Höhlen abgebaut. Alle Ware wurde zu den Fabrikationsebenen hochgebracht, wo das Gewürz getrocknet oder eingefroren und zu Blöcken verarbeitet wurde.

Gewaltige Kraftwerke lieferten die Energie für das Unternehmen. Am Ende eines jeden langen Tages strömten die Arbeiter heraus, beinahe blind von der Dunkelheit. Doch draußen liefen sie nur unter einem düsteren Himmel voller giftiger Dämpfe umher. Ein tiefer Atemzug in der grauen Luft voller Schwebstoffe konnte einen langen Hustenanfall auslösen.

Anakin wusste jetzt schon, dass die Sterberate unter den Sklaven enorm hoch war. Kinder und Ältere waren besonders betroffen. Sofern er es einschätzen konnte, starben sie in Scharen.

Außerdem herrschte eine ständige Sicherheitsüberwachung. Die Sklaven wurden sowohl von patrouillierenden Eingeborenen von Nar Shaddaa als auch von Droiden bewacht. Eine Flucht war vollkommen unmöglich. Und selbst wenn man es schaffte, den Wachen und Sicherheitseinrichtungen zu entkommen, so gab es doch nirgendwo einen Ort, an dem man sich verstecken konnte. Die Einwohner von Nar Shaddaa profitierten vom Sklavengeschäft. Wenn sie dagegen protestierten, wurden sie entweder bedroht oder mit hohen Bestechungsgeldern ruhig gestellt. Der Raumhafen dieses Mondes wurde von Krayn peinlich genau kontrolliert. Es gab schlichtweg keine Möglichkeit auszubrechen und man konnte nirgendwohin fliehen.

Die ganze Operation lief geradezu unglaublich glatt, dachte Anakin voller Abscheu. Die Habgier hatte Krayn nicht nachlässig gemacht.

Anakin hatte Dienst am Gravschlitten. Seine Aufgabe bestand darin, das geschnittene Gewürz zu den Verarbeitungsebenen zu transportieren. Es war eine eintönige, dreckige Arbeit und meist musste er den Schmutz und den Staub der Höhlen einatmen, während er den Gravschlitten belud. Anakin war sich nicht bewusst, dass seine Arbeit noch als eine der besseren angesehen wurde, bis er beinahe eine Sklavin aus der Weiterverarbeitung umrannte.

Es war eine Twi'lek, die von ihrer Position am Ladedock unerwartet einen Schritt rückwärts, geradewegs in den Weg von Anakins Gravschlitten, gemacht hatte. Lediglich Anakins ausgezeichnete Reflexe hatten verhindert, dass er sie umstieß.

Sie wirbelte herum, wobei ihre langen Kopfschwänze Anakin beinahe ins Gesicht schlugen. „Pass auf, wo du hinfährst, *Schutta*."

Anakin wusste nicht, was *Schutta* bedeutete, aber er wusste wohl, wenn man ihn beleidigte. „Du hast doch einen Schritt zurück gemacht", bemerkte er. Der lange Tag war beinahe zu Ende und sein Verstand und sein Körper waren beinahe bis an die Grenze belastet.

Sie kam wütend auf ihn zu und ihr blaues Gesicht lief noch blauer an. „Leg dich bloß nicht mit mir an, kleiner Weichling. Deine Privilegien gelten hier nichts."

„Still!" Ein Sklave an einem Förderband warnte sie mit einem Zischen. „Wachdroide."

Anakin sah einen Droiden mit einem Elektro-Jabber recht schnell den Korridor entlang rollen. Ein roter Strahl schoss aus der Brust des Droiden und suchte kreisend die Umgebung ab. So behielten die Droiden jeden einzelnen Sklaven im Auge.

„Er sucht nach mir", sagte die Twi'lek. „Wir dürfen das Förderband nicht verlassen, nicht einmal für einen kurzen Augenblick." Ihre Aufmüpfigkeit war verschwunden und sie klang verängstigt.

Die Sklaven am Förderband rückten sofort zusammen, damit der Platz ausgefüllt war, an dem die Twi'lek gestanden hatte. Anakin griff nach ihrem Arm. „Spring auf."

Sie tat wie geheißen. Anakin wendete den Gravschlitten und fuhr einen anderen Korridor entlang.

„Versteck dich unter diesen Tonnen", murmelte er. „Ich tue so, als ob ich beschäftigt bin, bis der Droide weg ist."

„Wir sehen für diese Droiden alle gleich aus", murmelte die Twi'lek. „Wenn ich es ans Förderband zurück schaffe, bevor er durchzuzählen beginnt, könnte ich davonkommen. Andernfalls gibt es ein oder zwei Schocks mit dem Elektro-Jabber."

„Mach dir keine Sorgen." Anakin biss die Zähne zusammen. Einen Tag zuvor hatte er einen solchen Übergriff gesehen – auf einen Sklaven, der zu schwach gewesen war, um schnell zu arbeiten. Die Wachdroiden waren darauf programmiert, besonders gnadenlos zu sein. Sie hatten dem Opfer nicht ‚ein oder zwei' Schocks versetzt, sondern den Jabber so lange angewendet, bis das Opfer bewusstlos geworden war.

Anakin schoss einen der engen Gänge entlang, wobei er hin und wieder eine Tonne mit Gewürz ablud, um nicht aufzufallen. Er wollte dieses Stockwerk nicht verlassen, denn der Droide konnte jeden Augenblick mit dem Durchzählen der Sklaven beginnen, und er musste in der Lage sein, die Twi'lek wieder ans Band zu schmuggeln. Und dann würde er selbst in Schwierigkeiten stecken. Er hatte nur eine bestimmte Zeit für seine Runde zur Verfügung.

Er drehte ein paar Runden auf dem Stockwerk für die Weiterverarbeitung und kehrte dann an einen Punkt zurück, von dem er seinen Plan ausführen konnte. Der Droide begann gerade mit dem Durchzählen.

Anakin hörte hinter sich ein leises Murmeln: „Ich bin erledigt."

„Nein, bist du nicht." Anakin war noch nicht so weit, dass er mit seinem Verstand Gegenstände bewegen konnte. Doch er wusste, dass die Macht mit ihm war – sogar hier. Er saugte sie von überall her auf: vom zerkratzten Boden, aus der lebendigen Energie der Wesen um ihn, aus dem giftigen Himmel. Die Macht verband alle Sklaven miteinander; sie waren ein Teil von einander und ein Teil der Galaxis, ganz gleich wie isoliert sie sich fühlen mochten. Er hatte Mühe, alles außer der puren, reinen Macht aus seiner Wahrnehmung auszublenden. Er spürte, wie sie langsam stärker um ihn wurde und sammelte sie. Irgendwann ließ er die geballte Macht auf einen Haufen unbearbeiteten Gewürzes am Ende des Förderbands los. Zunächst zitterte ein Block des Gewürzes, dann noch einer. Anakin streckte eine Hand aus und spürte, wie ihn die Macht durchfloss. Der Haufen und ein Stapel aus Durastahl-Tonnen fielen um.

Der Wachdroide rollte sofort zum Ort des Geschehens. „Verstoß! Verstoß!"

„Los!", zischte Anakin.

Die Twi'lek zögerte nur einen Augenblick. Ihre Blicke trafen sich und Anakin sah so etwas wie Vergebung in ihren Augen. „Ich heiße Mazie." Anakin wusste, dass es so etwas wie eine Entschuldigung, ein Freundschaftsangebot war, den Namen zu nennen.

„Anakin."

Sie kletterte aus dem Gravschlitten. Die anderen Sklaven stellten sich einen Augenblick so auf, dass sie ihr in dem kurzen Augenblick Sichtdeckung geben konnten, den sie brauchte, um wieder zurück ans Förderband zu kommen.

Anakin wendete den Gravschlitten. Der Wachdroide konnte niemanden für den Zwischenfall verantwortlich machen, denn es war niemand in der Nähe gewesen. Er drehte sich herum und richtete seinen roten Laserstrahl wahllos auf die Sklaven, doch die arbeiteten einfach weiter. Nach ein paar Sekunden setzte er das Durchzählen fort. Mazie war in Sicherheit.

Anakin war jetzt für die harte körperliche Ausbildung dankbar, die er im Tempel hatte durchmachen müssen. Den Sklaven wurden lediglich zwei karge Mahlzeiten am Tag gewährt. Der konstante Hunger wütete wie eine Bestie in seinem Innern. Er war noch nicht so weit wie Obi-Wan, wenn es darum ging, längere Zeit nicht an Essen zu denken. Anakin musste meditieren, um seinen Hunger zuzulassen, ohne ihm zu erlauben, dass er ihn schwächte.

Als er am Ende des Tages seinen Gravschlitten parkte und zusammen mit den anderen Sklaven zu den Liftschächten ging, spürte er bis tief in die Knochen eine unglaubliche Erschöpfung. Er wusste, dass es auch geistige Erschöpfung war.

Obi-Wan suchte nach ihm, auch das wusste er. Und er war zuversichtlich, dass sein Meister ihn finden würde. Aber wie lange würde das dauern? Wie viel von ihm würde noch da sein, bevor es so weit war? Wut und Angst hinunterzuschlucken füllte seinen Magen nicht, sondern verursachte ihm nur Sorgen, dass er seine Verbindung zu den Jedi verlor.

Er haftete seinen Blick auf einen der Sklaven vor ihm, als sie zu ihren Unterkünften trotteten. Es regnete – ein Regen, der auf Anakins Lippen bitter und metallisch schmeckte. Er spürte, wie sich seine Haare und sein Overall damit vollsaugten.

Plötzlich spürte er ein Aufbäumen in der Macht. Gleichermaßen überrascht wie hoffnungsvoll hob er den Kopf. War sein Meister in der Nähe? Er suchte die Plattformen hoch über seinem Kopf ab. Die Fabriken und Sklavenquartiere lagen auf der

Oberfläche von Nar Shaddaa, die Stadt jedoch war darüber gebaut. Doch Anakin sah seinen Meister nicht. Stattdessen sah er Krayn.

Der Pirat stand in ein paar hundert Metern Höhe auf einer Plattform. Den nervösen Mann neben ihm kannte Anakin nicht. Siri stand auf Krayns anderer Seite. Eigenartigerweise schien sie ihren Blick geradewegs auf Anakin zu richten. Er spürte, wie sich die Macht sammelte und begriff es nicht. Hatte er eine Verbindung zu Siri? Er wusste es nicht. Oder demonstrierte sie ihm, dass sie noch immer ihre Jedi-Fähigkeiten beherrschte? Vielleicht war es aber auch eine Warnung. Doch das war ihm gleichgültig.

Er wollte gerade den Blick senken, als noch ein Wesen zu den anderen auf die Plattform kam. Anakin stellte überrascht fest, dass es der colicoidische Captain Anf Dec war. Waren Krayn und die Colicoiden nicht erbitterte Feinde? Immerhin hatte Krayn doch Anf Decs Schiff angegriffen!

Krayn zeigte nach unten und machte eine ausladende Geste. Anf Dec nickte. Siri starrte teilnahmslos geradeaus. Ihr Blick war nicht mehr auf Anakin gerichtet.

Er hatte keine Ahnung, was das alles zu bedeuten hatte. Doch er beschloss, es irgendwie herauszufinden.

Kapitel 14

Obi-Wan rückte seine Schusspanzerung und den Helm zurecht. Dann prüfte er, ob sein Lichtschwert unter der Waffensammlung an seinem Gürtel korrekt versteckt war. Er hatte sich als Sklavenhändler namens Bakleeda verkleidet und hoffte, dass er damit durchkommen würde. Als er seine Konzentration gesammelt hatte, schritt er den verlassenen Korridor entlang zum Sicherheitsraum A.

Nur minutiöse Planung hatte ihn bis hierher gebracht. Er befand sich jetzt auf der Raumstation Rorak 5, die eine halbe Tagesreise von Nar Shaddaa entfernt war. Sie bot für viele Frachtraumschiffe einen Tankstopp und war außerdem dafür bekannt, mehrere Sicherheitsräume für Treffen und Besprechungen von Clans und Geschäftsleuten zu besitzen. Die Sicherheitsräume waren mit den zuverlässigsten Verteidigungseinrichtungen versehen und sämtliche Parteien konnten ihre Schiffe ungesehen verlassen, um dorthin zu gelangen.

Obi-Wan war kaum gelandet, da schob sich ein beweglicher

Korridor an seine Rampe heran. Er stieg aus seinem Schiff und folgte einigen mündlichen Anweisungen aus Deckenlautsprechern zu seinem Bestimmungsort.

Im Sicherheitsraum A trafen sich Krayn und die Colicoiden, um heimlich die Übernahme des Gewürzhandels zu besprechen.

Jeder Tag, den die Vorbereitung für Obi-Wans Teilnahme an diesem Treffen gekostet hatte, war ein furchtbarer Tag gewesen. Er wusste, dass er sowohl Anakins als auch Siris Leben riskierte, wenn er auf Nar Shaddaa als Jedi auftauchen würde. Der Rat hatte ihn warnend darauf hingewiesen, dass sein jetziger Plan mit Bedacht zur Perfektion gebracht werden musste. Obi-Wan hatte Adi Gallia sein Wort gegeben, dass er so vorgehen würde.

Didi hatte ihm geholfen, seine Identität als Bakleeda einzuführen, und hatte ihn den richtigen Kontaktleuten vorgestellt. Dabei war Didi ein hohes persönliches Risiko eingegangen, denn Obi-Wan hatte ihn wissen lassen, dass er sich letztlich als Jedi enttarnen musste. Es würde also bekannt werden können, dass Didi dabei geholfen hatte, einen Jedi in Krayns Organisation einzuschleusen. In der kriminellen Unterwelt gab es eine Menge Leute, die das nicht tolerieren würden. Didi hatte jedoch nur zweimal schwer geschluckt und war etwas bleich geworden, bevor er Obi-Wan versichert hatte, dass er für ihn und das Gedenken an Qui-Gon jedes Risiko eingehen würde.

Obi-Wan öffnete die Tür. Die Colicoiden warteten schon

und Obi-Wan stellte erleichtert fest, dass er keinen von ihnen kannte. Sein Gesicht war zwar von seinem Helm verdeckt, der ihm über Augen und Nase reichte; für den Fall, dass er ihn abnehmen musste, war es jedoch besser, dass ihn niemand kannte.

Die drei Colicoiden sahen ihn kurz an, grüßten ihn aber nicht. Sie standen um einen runden Tisch und sprachen miteinander in ihrer Heimatsprache. Ihre Worte wurden immer wieder vom Klacken und von den Summgeräuschen ihrer Antennen und Gliederbeine begleitet. Die Colicoiden hatten selbst die Nachricht verbreiten lassen, dass sie nach einem intelligenten Sklavenhändler suchten, der sie bei einem Treffen beraten konnte. Es hatte Obi-Wan all seine Willenskraft gekostet, um ihren Vertreter davon zu überzeugen, dass er derjenige war, den sie wollten.

Einer der Colicoiden wandte sich an ihn. „Ich bin Nor Fik. Sprecht nur, wenn Ihr gefragt werdet."

Obi-Wan nickte.

Sie warteten lange Minuten. Obi-Wan hatte die Galaxis schon einige Male durchquert und war bei unzähligen Treffen auf höchster Ebene zugegen gewesen. Auf allen Welten – ganz gleich, wie unterschiedlich sie auch sein mochten – war etwas gleich: Die Partei mit der meisten Macht tauchte immer zuletzt auf.

Die Tür flog auf und donnerte gegen die Wand. Krayn stand da und füllte mit seiner massigen Gestalt den Türrahmen aus.

„Meine Freunde!"

Die Colicoiden nickten kühl in Krayns Richtung.

„Ein Ionen-Sturm hat mich aufgehalten. Aber nicht der Rede wert." Krayn winkte ab. „Ich würde auch Schlimmeres durchreisen, um hierher zu kommen."

Die Colicoiden ignorierten diese offensichtliche Lüge mit ausdruckslosen Mienen. Krayn kam in den Raum, gefolgt von einem Wookiee mit vernarbtem Gesicht und einer Augenklappe. Es war Krayns Begleiter Rashtah. Wenn Krayn damit die Colicoiden einschüchtern wollte, war es ihm gelungen. Der Wookiee war ein imposanter Begleiter.

Krayns aufmerksamer Blick wanderte kurz zu Obi-Wan, bevor er sich wieder mit einem freundlichen Strahlen an die Colicoiden wandte. „Das ist also Euer Beobachter. Zwar keineswegs notwendig, doch ich akzeptiere seine Anwesenheit, da ich unter Freunden alles tue. Seht Ihr, wie entgegenkommend ich bin?"

„Wir sehen auch, dass Ihr ebenso einen Beobachter mitgebracht habt", sagte Nor Fik und zeigte auf Rashtah.

Krayn grinste, setzte sich hin und legte ein langes Vibro-Messer vor sich auf den Tisch. „Es war eine lange Reise. Ich brauchte ein wenig Gesellschaft."

Rashtah blieb stehen, stieß aber ein amüsiertes Brummen hervor.

„Das ist doch alles Zeitverschwendung", stieß Nor Fik hervor. „Lasst uns zum Geschäft kommen."

Krayns Grinsen verschwand. „Deshalb bin ich hier."

„Wir kontrollieren den Gewürzhandel", sagte Nor Fik und setzte sich Krayn gegenüber an den Tisch. Die anderen beiden Colicoiden nahmen rechts und links von ihm Platz. „Wir wollen, dass Ihr …"

Krayn hob eine seiner fleischigen Hände. „Moment. Entschuldigt bitte. Ich schlage vor, dass hier im Interesse unserer auch weiterhin guten Beziehung keine Lügen ausgesprochen werden."

„Lügen?", fragte Nok Fik ungläubig.

Krayn lehnte sich nach vorn. „Ihr kontrolliert den Gewürzhandel nicht. Noch nicht. Ihr habt noch immer Schwierigkeiten mit der Kessel-Passage."

„Das liegt daran, dass Eure Piraten immer wieder unsere Schiffe angreifen!", sagte Nor Fik ärgerlich. „Und zwar ganz entgegen Eurer Beteuerungen. Und Ihr persönlich habt unser Schiff angegriffen, als unser höchstrangiger Offizier Anf Dec an Bord …"

„Ein bedauerlicher Fehler", sagte Krayn.

Der Colicoide ließ seine Antennen zusammenklacken. „Wer lügt nun also?"

Krayn sah ihn verletzt an. „Vertrauen. Vertrauen – ist etwas so Wichtiges zwischen Partnern, Nor. Ich vertraue Euch. Aber ich sehe, dass ich mir mehr Mühe geben muss, damit Ihr auch mir vertraut."

Obi-Wan war angesichts von Krayns Methoden überrascht.

Er war eigentlich davon ausgegangen, dass Krayn in solchen Konferenzen ein ebensolcher Rüpel war wie ansonsten in der Galaxis. Stattdessen hielt er sich selbst im Zaum.

„Lasst uns über Nar Shaddaa reden", sagte Nor Fik, wobei er geflissentlich Krayns Bemerkung ignorierte. „Ihr braucht mehr Kapital, um diese Fabriken zu unterhalten. Das werden wir Euch geben. Wenn wir dann den Gewürzhandel vollständig kontrollieren, bekommt Ihr den Vertrag zur exklusiven Verarbeitung des Gewürzes in Euren Fabriken auf Nar Shaddaa. Es liegt in unserem Interesse, dass Ihr dort unter Deckung verbleibt, denn wir sind nun Mitglied des Senats und wollen keinesfalls mit einer kriminellen Organisation in Verbindung gebracht werden. Natürlich werden wir Eure Sklavenraubzüge weiterhin unterstützen."

Krayn grinste. „Ich bewundere Eure Methoden, Nor. Ich bin damit einverstanden, die Angriffe auf andere Schiffe an der Kessel-Passage aufzustocken. Das sollte Euch die Möglichkeit geben, dort Eure Handelslücke zu schließen. Ich nehme an, dass das dafür von mir benötigte Kapital noch heute Nachmittag auf meine Konten übertragen wird?"

„Vielleicht. Wenn wir uns noch über ein paar andere Dinge verständigen können."

Jetzt schien Krayn zum ersten Mal seine Ruhe zu verlieren. Er verbarg es hinter einem Lächeln. „Natürlich."

„Meine Vorgesetzen verlangen eine Inspektion der Fabriken auf Nar Shaddaa", sagte Nor Fik. „Da wir Euch diesen Vertrag geben, haben wir auch das Recht auf eine vollständige Inspektion. Wir machen uns Sorgen um Eure Produktivität. In letzter Zeit kamen sehr viele Sklaven um."

„Es ist ein unglücklicher Umstand, dass die Todesrate in letzter Zeit angestiegen ist …"

„Ja, und das beeinträchtigt unseren Profit. Da der Senat immer mehr gegen den Sklavenhandel vorgeht, wird es für Euch immer schwieriger, umfangreiche Raubzüge durchzuführen", sagte Nor Fik. „Wenn Ihr die Sklaven nicht bei guter Gesundheit haltet, werdet Ihr bald keinen Ersatz mehr für sie finden."

„Ein gesunder Sklave ist einer, der immer von der Flucht träumt", sagte Krayn.

„Dafür gibt es Sicherheitseinrichtungen", gab Nor Fik zurück. „Ich verlange ja nicht, dass Ihr sie verwöhnt. Gebt Ihnen einfach genug zu essen, damit sie durchhalten. Wenn man Probleme mit seinem Schiff hat, muss man Treibstoff sparen, aber dennoch ans Ziel kommen."

Obi-Wan spürte, wie Abscheu in ihm hochzusteigen begann. Krayn und Nor Fik sprachen hier über lebende Wesen so als wären sie Maschinen, die gewartet werden mussten.

Ihr seid derjenige, der nicht begreift!

Anakins gequälte Worte erklangen in seinem Kopf. Sein Padawan hatte Recht gehabt. Er hatte nichts begriffen. Er hatte die Tiefe von Anakins Gefühlen nicht erkannt. Sein Padawan hatte als Kind jeden Tag mit dem Wissen gelebt, dass sein Leben nichts wert war. Dass er Besitz war und kein lebendes Wesen.

Obi-Wan hatte Mühe, Ruhe zu bewahren. Sein Herz schrie geradezu danach, etwas zu unternehmen – in ein Schiff zu steigen und nach Nar Shaddaa zu fliegen.

„Mit der Behandlung der Sklaven auf Nar Shaddaa ist alles in Ordnung", sagte Krayn. Seine Stimme begann langsam, ärgerlicher zu klingen. „Ich weiß selbst am besten ..."

„Vielleicht. Aber wir wollen das Unternehmen mit eigenen Augen sehen."

„Captain Anf Dec hat einmal an einer Führung teilgenommen."

„Und er hat uns einen unabhängigen Beobachter empfohlen. Man hat ihm nicht den Zutritt gewährt, den er erwartet hatte."

Krayn setzte eine erstaunte Miene auf. „Darüber hat er kein Wort gesagt! Natürlich hätten wir ihm jeden einzelnen Teil des Unternehmens gezeigt ..."

„Man hat ihn mit Ausreden und Versprechungen abgespeist", unterbrach Nor Fik Krayns Erklärungen. „Und er hat keine Erfahrungen im Sklavenhandel. Wir haben sie auch nicht, und wir sind auch nicht in der Lage, die Arbeitsfähigkeit einer solchen Ansammlung von Wesen beurteilen zu können. Deshalb haben wir einen unabhängigen Beobachter gesucht, der uns Bericht erstatten wird. Das ist Bakleeda. Er verdingt sich ebenfalls in Eurer Branche und hat sich bereit erklärt, als Berater für uns tätig zu werden."

Obi-Wan trat einen Schritt nach vorn.

„Er wird nach Nar Shaddaa reisen und Ihr werdet ihm freien Zugang zu allen Bereichen gewähren. Das ist nicht verhandelbar. Einverstanden?"

Krayn zögerte. Obi-Wan konnte sehen, wie sein Hals tiefrot anlief. Das blieb allerdings das einzige Zeichen seiner Wut.

„Einverstanden."

Obi-Wan blieb passiv, doch innerlich war er aufgewühlt. Er hatte freien Zutritt auf Nar Shaddaa.

Kapitel 15

Anakin war so erschöpft, dass er sich nur noch nach seiner Schlafmatte auf dem harten Boden der großen Durastahl-Lagerhalle sehnte, die als Sklavenunterkunft diente. Die Sklaven lagen dort in dicht gedrängten Reihen nebeneinander; Regen fiel durch Löcher im Dach und bildete Pfützen, die niemals trockneten. Die Schlafmatten waren dünn und durchgelegen und so drang die kühle Feuchtigkeit zu den Körpern durch, die ohnehin schon bis an die Grenzen ihrer Belastbarkeit erschöpft waren.

Doch so sehr er sich auch nach etwas Schlaf sehnte, er schien nicht kommen zu wollen. Anakin lag noch lange wach, als die anderen um ihn schon ruhig atmeten, zusammengekauert unter ihren Decken und manche von ihnen gar dicht beieinander, um sich warm zu halten. Er starrte zu einem kleinen Stück Himmel hinauf, das er durch einen Spalt im Dach sehen konnte. Es waren zwar keine Sterne zu sehen, doch er stellte sich einen vor. Er stellte sich seinen Meister vor, der an diesem

Stern vorbei in einem Schiff geradewegs nach Nar Shaddaa raste.

Da er spürte, wie sich etwas in seiner Nähe bewegte, stützte er sich auf seine Ellbogen. Anakin spähte in die Dunkelheit und erwartete eine der vielen Müllfresser-Kreaturen, die die Sklavenunterkünfte bevölkerten. Doch stattdessen sah er jemanden, der zu ihm kroch. Es war Mazie.

Sie zwängte sich zwischen ihn und seinen Nachbarn, der zufrieden grunzte und sich etwas zur Seite rollte, um Platz zu machen.

„Ich wollte mich nur bei dir für heute bedanken", flüsterte sie. „Ich war am Anfang nicht sonderlich nett zu dir."

„Stimmt", sagte Anakin mit seiner typischen unverblümten Art. „Darüber habe ich mir schon meine Gedanken gemacht. Weshalb hast du mich ‚Schutta' genannt? Was bedeutet das?"

Mazie runzelte die Stirn. „Etwas Übles. Ein Schutta ist in meiner Sprache eine wieselartige Kreatur. Weißt du, eigentlich waren wir für den Dienst mit dem Gravschlitten eingeteilt. Das ist eine einfache Tätigkeit, die den Informanten und Lieblingen der Nar-Shaddaa-Wachen vorbehalten ist. Du musst jemanden haben, der dich beschützt."

„Habe ich nicht", protestierte Anakin. „Ich bin gerade erst angekommen." Doch mit einem Mal wurde ihm klar, wer ihn beschützte: Siri. Aber warum tat sie das? Sie hatte doch ihre Loyalität den Jedi gegenüber vor langer Zeit aufgegeben. Er würde niemals die Bitterkeit in der Stimme seines Meisters vergessen. Obi-Wan täuschte sich niemals bei anderen Menschen.

Sie musste ein Spiel mit ihm treiben; ihn beschützen, damit die anderen Sklaven sich gegen ihn stellten. Und am Ende würde sie ihn verraten.

Mazie zuckte mit den Schultern. „Wenn dich tatsächlich jemand beschützt, sollte ich wahrscheinlich nichts sagen. Meine Tochter wird von Krayn bevorzugt behandelt, obwohl sie nie etwas dafür getan hat. Berri ist eine Haussklavin in Krayns Küche. Ich danke den Sternen jeden Tag dafür, dass es so ist. Denn wenigstens muss sie nicht hier arbeiten. Die Wachen auf Nar Shaddaa sind nicht so übel, aber die Droiden töten ohne jede Gnade."

„Weshalb arbeiten die Leute von Nar Shaddaa als Wachen?", fragte Anakin.

„Der Regent des Planeten, Aga Culpa, hat mit Krayn eine Übereinkunft getroffen, dass sein Volk frei bleiben kann, wenn es im Gegenzug für Krayn die Fabriken kontrolliert", erklärte Mazie. „Auf Nar Shaddaa gibt es nicht viel ehrliche Arbeit und die Wachen werden gut bezahlt. Aber sag, wie bist du hierher gekommen? Ist das deine erste Erfahrung als Sklave?"

„Als ich gefangen genommen wurde, war ich frei. Aber ich wuchs als Sklave auf Tatooine auf."

„Tatooine! Aber da haben Berri und ich auch gelebt! Wir waren Kolonisten. Mein Mann und ich hatten gerade eine Feuchtfarm übernommen. Berri und ich wurden bei einem

Raubzug gefangen genommen. Es war Ironie des Schicksals, denn auf Ryloth gab es viele Sklavenraubzüge und genau deshalb hatten wir unseren Heimatplaneten verlassen. Wir wollten ihnen nach Berris Geburt entkommen. Sie ist jetzt sechzehn."

„Wie lange ist es her, dass du gefangen genommen wurdest?", fragte Anakin neugierig.

„Zehn Jahre", sagte Mazie. „Ich habe immer von meiner Flucht geträumt. Aber jetzt nicht mehr. Mein Mann kam mit zahllosen anderen bei dem Raubzug ums Leben. Er hatte sich gewehrt."

„Kanntest du zufällig eine Frau namens Hala?", fragte Anakin ungeduldig. Vielleicht lebte Hala noch!

„Ja, wir kamen zusammen hier an. Sie wurde bei der Weiterverarbeitung eingesetzt. Hala sah Krayn und lief plötzlich vom Förderband weg. Sie versuchte, ihn umzubringen." Mazie senkte den Blick. „Er hat sie niedergeschlagen und dann … er hat an ihr ein Exempel statuiert."

Anakin schauderte. Er wollte keine weiteren Details hören.

„Er hat ihre Halskette als Souvenir behalten", murmelte er.

„Ja. Ich habe früher mit vielen Sklaven Freundschaft geschlossen. Jetzt nicht mehr. Es sterben einfach zu viele. Hier gibt es kein Entkommen, Anakin, also bilde dir bloß nicht ein, dass es für dich eines gäbe. Krayn hat uns in seinem Todesgriff. Er wird niemals loslassen."

Der Hass, der immer in Anakin verborgen lag, begann wieder zu brodeln. Er konzentrierte ihn auf Krayn. Er würde dieses verhasste Monster töten, und wenn es das Letzte war, was er in seinem Leben tat.

Nein. Das ist nicht der Weg der Jedi. Dein Hass ähnelt Rachegelüsten.

Er zitterte vor Wut. Er wusste plötzlich, dass er nicht darauf warten konnte, bis Obi-Wan ihn befreite. Wenn er nicht sofort versuchte, sich zu befreien, würde etwas Lebenswichtiges in ihm zerbrechen.

Dann würde Krayn gewinnen. Dieser Kampf war für ihn zu etwas Persönlichem geworden. Entweder er oder Krayn hieß es jetzt.

„Hab keine Angst, Anakin", sagte Mazie. Sie schätzte seine Aufregung falsch ein. „Das Leben eines Sklaven ist kurz. Es wird bald vorüber sein."

„Nein", sagte Anakin. „Ich werde einen Weg hier heraus finden."

Kapitel 16

Obi-Wan bekam die Erlaubnis, auf Krayns persönlicher Landeplattform zu landen.

„Seht Ihr?", hatte Krayn noch auf Rorak 5 geprahlt. „Ich kooperiere in jeder Hinsicht."

Obi-Wan hatte gedacht, dass jemand, der etwas aus aufrichtigen Motiven tat, nicht noch Aufmerksamkeit darauf lenken musste, doch das sagte er den Colicoiden nicht. Er hatte ohnehin das Gefühl, dass Nor Fik dasselbe dachte.

Er öffnete die Luke und stieg aus seinem Transportschiff. Überrascht stellte er fest, dass ihn niemand in Empfang nahm. Technisch gesehen hatte er unbeschränkten Zugang zu allen Räumlichkeiten und Orten auf Nar Shaddaa, doch Obi-Wan war sich sicher, dass Krayn jeden einzelnen seiner Schritte kontrollieren würde. Vielleicht würde man ihn sogar rund um die Uhr beobachten.

Er hatte keine Zeit zu verlieren. Obi-Wan wollte unbedingt die Fabriken sehen. Da dies auch gut zu seiner Identität als

Bakleeda passte, würde es keinen Verdacht erregen, wenn er sofort dorthin ging.

Es war nicht sonderlich schwer, die Fabriken auf den unteren Ebenen zu finden. Aus den Gebäuden stieg schwarzer Rauch auf, der dann durch Filter geleitet wurde. Die Luft hier oben war sauber, während Obi-Wan auf die schmutzige Atmosphäre dort unten hinunterblickte.

Obi-Wan nahm den Turbolift zum Bodenlevel des Mondes. Er stieg in die Kabine und spürte, wie sie nach unten sank. Bald würde er Anakin finden. Sein ganzes Sein war darauf fixiert.

Plötzlich blieb der Turbolift stehen. Obi-Wan spürte eine Erschütterung in der Macht, die ihn nur einen Sekundenbruchteil warnte, bevor sich über seinem Kopf eine Falltür öffnete und Rashtah auf ihn niedersprang.

Die Turbolift-Kabine erbebte unter dem Aufprall des Wookiee. Noch während der Landung schlug er mit einer seiner gewaltigen Pfoten nach Obi-Wan. Der flog rückwärts gegen die Wand der Kabine. Sein Kopf knallte mit einem metallischen Geräusch gegen die Durastahl-Wand.

Er griff nach seinem Lichtschwert, als Rashtah bellend auf ihn zusprang und ihn noch einmal – und mühelos, wie es schien – mit einer Faust hart wie eine Mörsergranate schlug. Obi-Wan spürte die Wucht des Hiebes durch seine Körperpanzerung. Sein Arm wurde taub. Er wusste, dass er es in Sachen Kraft nicht mit einem Wookiee aufnehmen konnte. Das Letzte, was er sich gewünscht hatte, war, mit einem Wookiee in einer Turboliftkabine eingesperrt zu sein.

Er griff mit einer Hand nach seinem Lichtschwert. Gleichzeitig wich er Rashtah aus, indem er herumwirbelte. Doch es war zu eng, um richtig zu manövrieren. Der Wookiee war definitiv im Vorteil. Als Obi-Wan sich an ihm vorbeidrehte, streckte Rashtah die Hand noch einmal aus und schlug ihn wieder, dieses Mal mit dem Ellbogen in die Magengrube.

Die Luft entwich pfeifend aus Obi-Wans Lungen. Rashtah legte noch einen Hieb nach und schlug Obi-Wan gegen das Kinn. Der Jedi ging in die Knie. Dabei war es ihm noch immer nicht gelungen, sein Lichtschwert aus dem Gürtel zu bekommen. Die Schläge waren zu schnell hintereinander gekommen und jetzt konnte er nur noch eine Hand benutzen. Sein Lichtschwert hatte er sicher an der Innenseite seines Gürtels verstaut, um es zu verstecken. Das stellte sich jetzt als Fehler heraus.

Es sah nicht gut aus.

Der Geruch des nassen Felles der Kreatur erschwerte ihm das Atmen noch mehr. Obi-Wan rutschte zwischen Rashtahs Beinen hindurch, um auf dessen andere Seite zu gelangen. Er trat mit den Beinen als Waffe ein paar Mal schnell hintereinander zu. Rashtah versuchte grunzend, eines von Obi-Wans Beinen zu fassen zu bekommen, doch der Jedi war zu schnell für ihn. Irgendwann schaffte Obi-Wan es schließlich, sein Lichtschwert zu aktivieren.

Rashtah stieß ein überraschtes Bellen aus, das die Wände des Turbolifts erzittern ließ. Obi-Wan griff behände und unfassbar schnell an, während Rashtah sich zu verteidigen versuchte. Bald setzte er nicht mehr seine Fäuste ein, sondern holte einen Elektro-Jabber und eine Vibro-Axt hervor. Obi-Wan konnte erahnen, was er vorhatte. Mit dem Elektro-Jabber wollte er ihn lähmen und dann mit der Vibro-Axt den tödlichen Hieb ausführen.

Es war absolut vorrangig, dem Elektro-Jabber auszuweichen. Wenn er getroffen werden würde, würde er mindestens eine Stunde lang gelähmt oder ohnmächtig sein. Nun kam langsam wieder Gefühl in seinen tauben Arm zurück. Obi-Wan konzentrierte sich darauf, ihn heilen zu lassen. Das konnte den Kampf entscheiden, denn der Wookie ging jetzt davon aus, dass Obi-Wan seinen rechten Arm nicht benutzen konnte.

Obi-Wan schlug nach Rashtah, doch der Wookiee konterte den Hieb mit der Vibro-Axt. Die beiden Waffen waren ineinander verkeilt und Rauch erfüllte die Luft.

Obi-Wan wirbelte herum und warf das Lichtschwert von der linken in seine rechte Hand. Er machte einen Satz nach vorn und griff den Wookie mit einem senkrechten Hieb von oben an. Er traf die Brust der Kreatur.

Rashtahs Augen blitzen auf und er stieß einen markerschütternden Schrei aus. Er ließ seinen Elektro-Jabber fallen und griff sich an die Wunde. Im gleichen Moment schwenkte er die Vibro-Axt. Obi-Wan ließ das Lichtschwert auf den Arm des

Wookie niedersausen. Die Kreatur fiel vornüber und stieß einen erschrockenen Schrei aus, als ihr Geist den Körper verließ.

Obi-Wan sank an der Wand hinab. Schweiß stach in seinen Augen. Rashtah hatte versucht, ihn zu töten, doch er empfand nach diesem Kampf kein Siegesgefühl. Auf solch engem Raum war der Tod furchtbar.

Er schlug mit der Hand auf den Turbolift-Knopf und spürte, wie die Kabine weiter sank. Als sie die Oberfläche des Planeten erreicht hatte, war Obi-Wan wieder auf den Beinen, hatte seine Körperpanzerung und seinen Helm zurechtgerückt und sein Lichtschwert wieder unter den Gürtel geschoben.

Die Türen öffneten sich und er fand sich in einem kleinen Vorzimmer wieder. Durch ein Fenster konnte er einen verlassen Hof sehen. Dort draußen standen verschiedene Maschinenteile aus der Fabrik, die im Regen verrosteten.

Er hatte ein Problem. Wenn Rashtahs Leiche gefunden wurde, würde man ihn sofort verdächtigen. Krayn hatte es so gewollt. Der Pirat war schlau. Wenn Rashtah es geschafft hätte, Bakleeda zu töten, wäre alles in Ordnung gewesen. Aber wenn der Sklavenhändler es irgendwie geschafft hätte, den Wookiee umzubringen, konnte Krayn verlangen, dass er vom Planeten entfernt wurde. Oder er konnte Bakleeda gar selbst töten. In jedem Fall aber wäre er den Störenfried los.

Obi-Wan schleppte den schweren Leichnam des Wookiee hinaus in den Regen. Er rollte ihn unter einen Haufen ausrangierter Maschinen.

Krayn würde bald nach Rashtah suchen lassen. Und man würde den Wookiee finden. Obi-Wan hatte weniger Zeit, als er ursprünglich angenommen hatte. Er musste Anakin finden.

Kapitel 17

Als Anakin den Gravschlitten zum Schüttguthaufen lenkte, kam Mazie näher. Sie hatte mit dem Arbeiter, der dem Haufen normalerweise am nächsten stand, den Platz getauscht. Anakin und sie hatten sich schon den ganzen Tag über immer wieder lächelnd angeschaut. Das machte die Arbeit beinahe erträglich, dachte Anakin.

Außerdem fiel ihm auf, dass Mazie entgegen ihrer Aussage, keine Freundschaften mehr schließen zu wollen, ihn wie einen Freund behandelte. Und es fiel ihm auf, dass sie auch auf andere Acht gab. Wenn die Leistung eines Sklavenarbeiters nachließ, organisierte sie schnell andere, die ihm halfen. Wenn sie die Arbeit unter einander aufteilten, bemerkten es die Droiden nicht. Wenn sie am Förderband entlang ging, legte sie hin und wieder jemandem eine Hand auf die Schulter oder warf jemandem ein aufmunterndes Lächeln zu.

Die Loyalität der Sklaven galt ihr. Anakin bewunderte das einerseits und behielt es andererseits im Gedächtnis.

Mazie schob sich langsam näher, als er die zerbeulten Durastahl-Tonnen mit dem zermahlenen Gewürz auskippte.

„Ich habe ein wenig Brot dabei", flüsterte sie. „Berri hat es mir gebracht. Hier."

Sie drückte ihm ein Stück in die Hand.

„Nein", sagte Anakin und versuchte, es ihr zurückzugeben.

„Du bist jung. Du brauchst deine Energie." Mazie zog sich schnell zurück. Wenn er ihr folgen würde, würde er die Aufmerksamkeit der patrouillierenden Droiden auf sich lenken und das wusste sie.

Anakin schob das Stück Brot in die Tasche und leerte die letzten Tonnen aus. Er würde das Brot einem Arbeiter auf der unteren Ebene geben, bei dem ihm aufgefallen war, dass er jeden Tag schwächer wurde.

Er stieg wieder auf den Gravschlitten und drückte auf den Fahrtknopf, um sich auf den Weg durch den langen Tunnel zu den Höhlen unter ihm zu machen.

Doch plötzlich stand Siri vor ihm. Sie hatte die Hände in die Hüften gestützt. Anakin bremste den Gravschlitten abrupt ab.

„Was hast du da in deiner Tasche?", fragte sie.

Er gab keine Antwort.

Ihre Lippen wurden schmaler. „Komm mit mir, Sklave."

Anakin stieg vom Gravschlitten. Siri führte ihn zu einer Ecke, die etwas von den patrouillierenden Droiden, von den scheuen Blicken der Sklaven und vom Lärm der Maschinen entfernt lag.

Sie wandte sich sofort zu ihm um und sah ihn mit ihren blitzenden blauen Augen an. „Es ist dumm, hier die Regeln zu übertreten. Du sollst dich während der Arbeitszeit nicht mit den anderen Sklaven unterhalten. Es ist nicht erlaubt zu sprechen – außer ein paar Worte, wenn es die Arbeit betrifft."

Wieder wühlte die Wut den müden Anakin auf. „Ihr müsst die Regeln nicht für mich wiederholen."

„Also hast du sie absichtlich gebrochen? Das ist sehr dumm. Du wirst noch Aufmerksamkeit erregen und das bedeutet hier nichts Gutes. Deine Pflicht besteht darin, deinen Blick gesenkt zu halten und zu überleben."

„Ich bin ein Sklave, Siri", sagte Anakin. Er gab sich keinerlei Mühe, seine Abscheu in seiner Stimmung zu verbergen. „Ich bin Euer Gefangener. Reicht Euch das nicht? Nehmt mich nicht auch noch zur Seite, um es mir unter die Nase zu reiben. Wie könnt Ihr das nur wagen?"

Siri sah ihn schockiert an.

„Wer seid Ihr, dass Ihr glaubt, mir meine Pflichten erklären zu müssen", stieß Anakin hervor. „Ihr habt uns alle verraten. Ihr habt den Jedi den Rücken gekehrt und Euch zur Dunklen Seite geschlagen. Jetzt seid Ihr Krayns Spionin. Die Verbündete eines Sklaventreibers, des abscheulichsten, niedrigsten Wesens in der gesamten Galaxis ..."

Ein tiefes Kichern drang an seine Ohren. Anakin hielt inne, als Krayn um die Ecke kam.

„Welch eine Lobesrede", sagte er spöttisch. „Wie viel Glück

ich habe, meinem Eigentum ein solches Bild des Bösen zu sein. Das bedeutet, dass ich etwas richtig mache."

„Ich war gerade dabei, diesen Sklaven zurechtzuweisen", sagte Siri. „Er ist neu und kennt die Regeln nicht."

Krayn wandte sich zu ihr. Er sah sie alles andere als amüsiert an. „Du bist also ein Jedi. Wie hat er dich genannt? Siri?"

„Nicht mehr", sagte Siri. „Ich habe sie vor langer Zeit verlassen, doch sie besitzen diesen lachhaften Kodex der Loyalität. Sie denken, ich gehöre ihnen. Ich gehöre niemandem!"

„Oh, jetzt vergisst du aber etwas", sagte Krayn. „Du gehörst mir."

Siri sah ihn stechend an. „Ich gehöre *niemandem*, Krayn."

Plötzlich erschienen Wachdroiden hinter der Ecke und umstellten sie.

„Ich habe die Jedi für immer verlassen", sagte Siri. In ihrer Stimme war keinerlei Flehen zu vernehmen. „Ich war immer deine loyale Begleiterin, Krayn."

„Ja, die beste, die ich jemals hatte", sagte Krayn traurig. „Und doch kann ich nicht das Risiko eingehen, dass du eine Spionin bist. Ob du loyal bist oder nicht, spielt keine Rolle. Du bist ein Risiko. Du warst es selbst, die mir riet, keine unnötigen Risiken einzugehen, Zora. Ist es nicht Ironie, dass du jetzt wegen deines eigenen Ratschlags den Tod findest?"

Er wandte sich an die Droiden. „Das sind zwei Jedi. Bringt sie ins Sicherheitsgefängnis, wo sie auf die Exekution warten sollen." Er lächelte Siri an. „Ich glaube, dass eine kleine Vorführung vor den Colicoiden gut für meine neue Geschäftsbeziehung mit ihnen sein wird."

Die Wachen umstellten Anakin und Siri in einem engen Kreis. Dann führten sie die beiden Gefangenen an den anderen Sklaven vorbei zum Ausgang. Mazie sah Anakin heimlich an und versuchte, ihn mit ihrem Blick aufzumuntern. Er sah sie ebenfalls bedeutungsvoll an.

Die Wachen führten Anakin und Siri zu Krayns Komplex hoch über der Fabrikebene. Anakin war überrascht, dass Siri keinen Widerstand leistete. Er fragte sich, ob sie wohl noch immer irgendwo sein Lichtschwert hatte. Wenn ja, würde sie es sicherlich bald benutzen.

Sie wurden in einer Hochsicherheitszelle auf der untersten Ebene von Krayns Komplex eingesperrt. Anakin legte die Handflächen auf die Tür, so als könnte er sie damit öffnen.

„Die Colicoiden sind bereits für ein Treffen hier", sagte Siri. „Es wird wohl nicht mehr lange dauern."

Anakin entgegnete nichts.

Die Wachen hatten Siri ihre Waffen abgenommen, doch sie griff in einen Schlitz unter ihrem Gürtel und holte ein kleines Gerät hervor. Sie aktivierte es.

„Keine Abhöreinrichtungen", murmelte sie. „Gut."

Anakin sagte nichts. Wenn sie dachte, er würde mit einer Verräterin sprechen, war sie ebenso verrückt wie bösartig.

„Anakin", sagte Siri ruhig. „Ich bin noch immer ein Jedi. Ich stelle verdeckte Ermittlungen an."

Er drehte sich überrascht um. „Und woher soll ich wissen, dass Ihr die Wahrheit sagt?"

„Du kannst es nicht wissen. Du musst mir einfach vertrauen. Nicht einmal Obi-Wan wusste es. Niemand im Tempel weiß es, nur der Rat der Jedi. Dies war unser letzter Versuch, auf Nar Shaddaa aufzuräumen und Krayns Terror ein Ende zu setzen."

Anakin wartete ab und ließ Siris Worte auf sich einwirken. Er wog ihre Worte nicht mit seinem Verstand ab. Er ließ zu, sie zu fühlen und Siris wahres Innere zu ertasten.

„Ich glaube Euch", sagte er schließlich.

„Gut." Sie setzte sich im Schneidersitz auf den Boden. „Nicht etwa, dass es uns im Augenblick etwas bringt, dass ich ein Jedi bin. Aber es macht die Dinge hier drinnen etwas angenehmer."

Anakin fühlte plötzlich ein stechendes Schuldgefühl. „Ich habe Eure Tarnung auffliegen lassen!"

Sie winkte ab. „Das ist schon in Ordnung."

„Nein, ist es nicht! Ich habe die gesamte Mission gefährdet. Obi-Wan hat mich immer davor gewarnt, vorsichtig zu sein, was ich im Zorn sage."

„Er hat dir aber sicher auch gesagt, dass ich mein eigenes Risiko trage", sagte Siri entschieden. „Und ich bin mir sicher, dass er dir auch beigebracht hat, die Gefahr deiner Impulsivität zu erkennen und dann ohne Schuldgefühle, aber weiser fortzufahren."

Anakin lächelte. „Ihr klingt genau wie er."

„Ich kenne ihn gut. Er hat die Angewohnheit, einem immer dann die Wahrheit zu sagen, wenn man sie nicht hören will."

Anakin lachte und erkannte, dass er Siri mochte. Er setzte sich ihr gegenüber hin.

„Ich habe immer auf dich Acht gegeben, Anakin", sagte sie. „Ich bin von deiner Freundlichkeit und Tapferkeit beeindruckt. Ich habe gesehen, wie du versucht hast, den Schwachen zu helfen, wann immer du konntest."

Anakins Lächeln verschwand. „Ich weiß, was es bedeutet, ein Sklave zu sein."

„Ja. Und es ist äußerst unglücklich, dass dich die Umstände hierher getrieben haben. Du hast bemerkenswert viel Geduld und einen starken Willen gezeigt. Ich bin mir sicher, dass du ein guter Jedi werden wirst."

„Wenn ich nicht vorher exekutiert werde."

„Es ist noch nicht vorbei", sagte Siri. „Ich bin mir sicher, dass Obi-Wan sich irgendwo auf Nar Shaddaa befindet. Der Rat hat ihn hierher geschickt."

Anakins Miene hellte sich auf. „Ja? Aber wie kann er zu uns gelangen?"

„Er wird einen Weg finden."

„Und Krayn steckt also mit den Colicoiden unter einer Decke", sagte Anakin. „Deshalb war Captain Anf Dec hier."

„Die Colicoiden übernehmen den Gewürzhandel und sie müssen mit Krayn ins Geschäft kommen, um das Gewürz hier auf Nar Shaddaa weiterverarbeiten zu können. Der Regent des Planeten wird wie immer wegschauen."

Anakin nickte nachdenklich. Was Siri ihm gerade erzählt hatte, bestärkte seinen eigenen Verdacht – und den Plan, den er die ganze Zeit schmiedete.

„Wir können es uns nicht erlauben, hier die ganze Zeit auf Rettung zu warten", sagte Anakin zu Siri. „Wenn die Colicoiden hier auf Nar Shaddaa sind, müssen wir sofort reagieren."

„Und was sollten wir tun?"

„Wenn wir die Colicoiden davon überzeugen können, dass es in ihrem Interesse ist, das Geschäft auf Nar Shaddaa zu übernehmen, wird Nar Shaddaa unter die Gesetze der Galaktischen Republik fallen, da die Colicoiden ja seit neuestem Mitglieder sind."

„Das stimmt", gab Siri zu.

„Dann wird die Sklaverei abgeschafft."

„Und genau deshalb würden sie es niemals tun", sagte Siri. „Sie brauchen Sklaven. Oder besser gesagt, reden sie es sich vor lauter Habgier ein."

„Genau. Wir müssen die Colicoiden davon überzeugen, dass sie auch ohne Sklaven noch immer enormen Profit machen können. Das schaffen sie, wenn sie Krayn als Mittelsmann ausschalten. Dann müssen sie ihm nichts vom Profit abgeben und sich auch nicht auf seine Fähigkeiten verlassen, die Fabriken zu unterhalten. Und sie müssen sich keine Sorgen mehr machen, dass er sie übers Ohr haut."

„Und was lässt dich glauben, dass die Colicoiden diesem Argument Gehör schenken werden?", fragte Siri. „Sie sind sehr vorsichtig."

„Ihre Vorsicht und ihre Habgier werden sie dazu bringen zuzuhören", sagte Anakin. „Aber wir müssen sie noch glauben machen, dass sie alles verlieren, wenn sie es nicht tun. Ich wette, dass sie Krayn bereits misstrauen."

„Das tut jeder", sagte Siri. „Zumindest jeder, der etwas Intelligenz besitzt."

„Wenn wir die Colicoiden davon überzeugen können, dass Krayn hier auf Nar Shaddaa nur noch eine wacklige Position hat und in Gefahr schwebt, die Fabriken zu verlieren, werden sie es eher wagen, ihn zu stürzen."

„Weshalb sollten sie das annehmen?", wollte Siri wissen.

„Weil noch während der Anwesenheit der Colicoiden ein Sklavenaufstand ausbrechen wird", gab Anakin schnell zurück. „Die Sklaven werden einen Teil der Fabrik in die Luft jagen. Wenn die Colicoiden das sehen, werden sie diesen Augenblick der Schwäche ausnutzen, um alles zu übernehmen."

Siri starrte ihn an. „Aber warum sollten die Sklaven rebellieren?"

„Weil sie frei sein wollen", sagte Anakin.

Siri schüttelte den Kopf. „So einfach ist das nicht, Anakin. Die Wachen unterdrücken die Sklaven und schüchtern sie ein. Ihre Brutalität war im Laufe der Jahre immer sehr groß. Die Sklaven würden zu viel riskieren."

„Wenn sie das Gefühl hätten, eine Chance zu haben ...", sagte Anakin nachdenklich.

„Ja, irgendeine Garantie, dass es das Risiko wert ist", sagte Siri langsam. „Ich habe eine Idee. Du lässt immer die dritte Partei in diesem Spiel aus – den Regenten von Nar Shaddaa. Er hat die Kontrolle über die Zivilwachen. Wenn wir ihn überzeugen können, dass es in seinem eigenen Interesse liegt, die Colicoiden und nicht Krayn zu unterstützen, kann er die Wachen anweisen, bei einer Sklavenrebellion wegzuschauen. Nar Shaddaa wird ein Teil der Republik werden und die Einwohner werden von den Vorteilen der Allianzen und des Handels profitieren."

„Natürlich!", rief Anakin begeistert. „Das ist das fehlende Puzzlestück."

„Ich war bei ein paar Besprechungen auf höchster Ebene dabei", sagte Siri. „Die Repräsentanten der Colicoiden kennen mich. Wenn ich zu ihnen gelangen kann, kann ich ihnen das Ganze vielleicht begreiflich machen. Ich kann sie misstrauisch machen, was Krayns Fähigkeiten anbelangt. Sie werden mir vertrauen, denn schließlich bin ich seine Beraterin. Ich kenne auch Aga Culpa, den Regenten von Nar Shaddaa."

„Und ich werde mit den Sklaven reden", sagte Anakin.

Siri seufzte. „Jetzt haben wir nur noch ein Problem. Wir sitzen in einer Hochsicherheitszelle. Und unsere Lichtschwerter liegen in meiner Unterkunft. Wir können nicht ausbrechen."

Anakin lächelte.

Sie hob eine Augenbraue und sah ihn fragend an. „Erzähl mir nicht, dass du auch dafür einen Plan hast."

„Natürlich", sagte Anakin.

Siri schüttelte den Kopf. „Du erinnerst mich an jemanden, denn ich vor vielen Jahren gut gekannt habe. Er gab auch niemals auf. Ich musste ganz schön schnell nachdenken, um mit ihm Schritt zu halten." Sie grinste. „Erzähl Obi-Wan niemals, dass ich das gesagt habe."

„Ist schon lustig", entgegnete Anakin. „Ich dachte, Ihr hasst ihn."

Siri streckte ihre müden Glieder. „Ich hasse ihn natürlich nicht. Er geht mir nur auf die Nerven." Ihre lebhaften blauen Augen leuchteten. „Aber das tun sowieso die meisten Wesen."

Kapitel 18

Obi-Wan hatte alles versucht, was in seinen Möglichkeiten lag. Er hatte mit der Macht hinausgegriffen und versucht, Anakin oder Siri zu finden. Seine Verbindung mit seinem Padawan war so stark, dass er sicher gewesen war, ihn zu finden, wenn er erst einmal in der Fabrik war. Doch er spürte nichts weiter als – nichts.

Er hatte bereits einen großen Teil der Fabrik besichtigt und der Tag neigte sich dem Ende zu. Er hatte in die Gesichter von hunderten von Sklaven gesehen. Er hatte Unglück, Krankheit und Schwäche gesehen. Aber seinen Padawan hatte er nicht gesehen.

Irgendwann fand er einen abgeschiedenen Ort, an dem er Kontakt mit dem Tempel aufnehmen konnte. Adi Gallia nahm seine Kommunikation entgegen.

„Wir haben den Kontakt mit Siri verloren", sagte sie. „Wir können dir nicht helfen, Obi-Wan. Du bist auf dich selbst gestellt."

Er beendete die Kommunikation und steckte den Comlink schnell in seine Tunika. Es war tatsächlich etwas ganz und gar nicht in Ordnung. Es war an der Zeit, Krayn zu suchen.

Obi-Wan nahm den Lift hinauf zu Krayns ausgedehntem Komplex. Als er zu dessen Privatgemächern ging, spürte er eine Erschütterung der Macht. Er blieb stehen, konnte sie aber nicht orten. Und doch beunruhigte sie ihn.

Krayns Empfangsraum überraschte Obi-Wan. Er hatte Reichtum erwartet, eine Zurschaustellung von Krayns enormem Wohlstand, um zu demonstrieren, wie wichtig er war. Doch der Raum war beinahe leer. Der Boden bestand aus einfachem, unbehauenem Stein. Das einzige Anzeichen für Krayns überzogenes Ego war ein riesiger Stuhl, der aus dem seltenen Greel-Holz geschnitzt war.

Krayn stand vom Stuhl auf, als Obi-Wan hereinkam. „Nun", sagte er in jovialem Tonfall, „habt Ihr alles gesehen, was Ihr sehen wolltet?"

„Nein", berichtete Obi-Wan knapp. „Ich habe einen Teil der Fabriken allein besichtigt, aber ich möchte einen Führer haben. Jemanden, der Euer Unternehmen gut kennt."

„Hmmmm", sagte Krayn. „Dafür wäre Rashtah am besten geeignet. Es ist nur seltsam, dass ihn heute niemand finden konnte. Ihr seid ihm auf Euren Besichtigungstouren nicht zufällig über den Weg gelaufen? Ein großer Wookiee mit schlechter Laune?"

Das war natürlich ein Test. Krayn spielte mit ihm. Er wusste ganz genau, dass jetzt, da Obi-Wan vor ihm stand, der Wookiee versagt hatte.

„Nein. Vielleicht kann es stattdessen jemand anders übernehmen."

„Ich werde natürlich jemanden finden und dann zu Euch schicken."

„Ich bin auf der Fabrik-Ebene …"

„Keine Sorge", sagte Krayn mit funkelnden Augen. „Ich weiß immer, wo ich Euch finden kann."

Obi-Wan wurde immer bedrückter. Krayn fühlte sich zu sicher. Weshalb? Wusste er, dass Obi-Wan ein Jedi war? Oder war er so zuversichtlich, weil der Handel mit den Colicoiden so kurz vor dem Abschluss stand?

Obi-Wan ging hinaus und blieb an jenem Ort stehen, an dem er schon zuvor die Störung in der Macht gespürt hatte. Er griff hinaus und ließ die Macht um sich fließen, tastete immer weiter, tiefer, ferner.

Er spürte keine Antwort von Anakin. Und doch wusste er eines gewiss: Seine größte Befürchtung war nicht wahr geworden. Sein Padawan war noch am Leben.

Doch wenn er noch am Leben war, hieß das auch, dass er nachdachte. Plante. Obi-Wan hoffte inständig, dass sein impulsiver Padawan Geduld und Ruhe bewahren würde. Vielleicht war er ja bei Siri …

Es durchfuhr Obi-Wan wie ein Schock: Wenn Anakin und Siri zusammen waren, könnte alles Mögliche geschehen.

Stunden später wurde eine Klappe in der Zellentür einen Spalt weit geöffnet und ein Tablett hindurchgeschoben – mit einer Proteinwaffel so hart wie Stein, etwas Wasser und einem geformten Stück Brot.

„Nein danke", sagte Siri.

Anakin ging ungeduldig zu dem Tablett. Er riss das Stück Brot auf. Darin befand sich eine Nachricht auf einem kleinen Stück Durafolie.

Was soll ich tun?

Berri

Siri sah ihm über die Schulter, las die Nachricht und fragte ihn: „Wer ist das?"

„Die Tochter meiner Freundin Mazie. Sie arbeitet hier in der Küche." Anakin war froh, dass Mazie daran gedacht hatte, Berri um Hilfe zu bitten. Er hatte darauf gebaut. „Wo habt Ihr Euer Lichtschwert versteckt? Und wo meines?"

„In meiner Unterkunft", gab Siri zurück. „Unter meiner Liege."

„Wie originell."

Siri sah ihn genervt an. „Das war praktisch. Und hier wird nie geputzt. Ich musste mir nie Sorgen machen, dass jemand die Schwerter finden würde. Überall in Krayns Komplex gibt es Waffenkontrollen. Ich konnte nicht riskieren, dass man mein Lichtschwert finden würde."

Anakin schrieb mit einem Stift, der in die Durafolie eingewickelt war, eine Antwort.

Zoras Bett. Waffen.

Er legte das Tablett auf den Boden an der Tür. Ein paar Minuten später öffnete sich der Spalt wieder und das Tablett wurde von draußen weggeholt.

„Das könnte eine Falle sein", sagte Siri besorgt.

„Wenn es eine ist, geht es uns dann auch nicht schlechter als jetzt", gab Anakin zu bedenken. „Abgesehen davon ist es keine Falle. Mazie ist loyal."

Nach einem kurzen Augenblick nickte Siri. „Ich vertraue, wem du vertraust."

Sie setzten sich hin und warteten. Die Minuten vergingen unendlich langsam. Dann eine Stunde.

„Ich war bei den Geduldsaufgaben im Tempel niemals besonders gut", brummte Siri.

„Ich auch nicht", gab Anakin zu.

Siri atmete hörbar aus. „Obi-Wan aber immer."

Irgendwann öffnete sich der Spalt in der Tür wieder und zwei Lichtschwerter fielen polternd auf den Boden, gefolgt von zwei Comlinks.

„Danke, Berri", flüsterte Anakin durch die Öffnung. Er konnte Mazies Tochter nicht sehen. „Jetzt geh zurück auf deinen Posten."

Sie warteten, bis sie sicher sein konnten, dass Berri wieder verschwunden war. Dann aktivierten sie ihre Lichtschwerter. Angesichts des blauen Leuchtens überströmte Anakin eine Welle der Zuversicht. Er fühlte sich nicht mehr länger als Sklave. Er war wieder ein Jedi.

Zusammen schnitten sie ein Loch in das dicke Türblatt. Der Durastahl rollte sich auf und Siri ging durch die Öffnung, gefolgt von Anakin.

Im Korridor gab es keine Wachen.

„Krayn vertraut immer zu sehr auf seine High-Tech-Sicherheitseinrichtungen", murmelte Siri. „Lass uns zu Aga Culpa gehen."

Am Eingang zum Gefängnis standen nur drei Droidenwachen. Siri blieb stehen und spähte um die Ecke.

„Wir haben keine Zeit für eine komplizierte Strategie", sagte Siri. „Lass sie uns einfach angreifen."

Sie aktivierten wieder ihre Lichtschwerter und waren bei den Droiden, bevor die auf den Angriff überhaupt reagieren konnten. Die beiden Jedi sprangen hoch in die Luft, kamen wieder zu Boden und durchschnitten zwei der Droiden mit ihren Lichtschwertern in zwei Hälften. Der dritte feuerte beständig mit Blastern auf sie und zog sich dabei hinter eine Konsole zurück, zweifellos um einen Alarm auszulösen. Anakin fällte den Droiden, während Siri einmal um die eigene Achse wirbelte und ihre Lichtschwert-Klinge tief in das Bedienfeld der Konsole versenkte. Es zischte und rauchte.

„Jetzt beeilen wir uns besser", sagte Siri.

Sie ging zu einem Ausgang in einem wenig benutzten Flur voraus. „Das ist Krayns privater Fluchtweg", sagte sie zu Anakin. „Er führt zur Landeplattform. Von dort ist es nicht weit bis zu Aga Culpa. Krayn hat darauf bestanden, dass Culpa den Komfort des Komplexes genießt, dabei will er nur ein Auge auf ihn haben können."

Anakin folgte Siri zu Krayns Landeplattform und dann zu einem weiteren Durchgang, der in einen anderen Quadranten des Komplexes führte. Siri öffnete die Tür und ging hinein.

Aga Culpa saß vor einem holografischen Spiel.

„Wie immer beschäftigt", sagte Siri, ging zu dem Spiel und schaltete es ab.

Aga Culpa sah auf. Der Ausdruck auf seinem Gesicht zeigte eine solch eigentümliche Mischung aus Wut, Beschämung und Angst, dass Anakin beinahe versucht war zu lachen. Culpa war ein dünner Humanoide mit einem schwachbrüstigen Körper, den er in einen hautengen Techniker-Anzug gesteckt hatte. Auf dem kahlen Kopf trug er eine winzige, passende Mütze.

„Wie könnt Ihr es wagen, in meine Privatunterkunft einzudringen?", fragte er aufgeblasen. Dann sah er sie nervös an. „Will Krayn mich sprechen?"

„Nein, ich will Euch sprechen." Siri setzte sich rittlings auf einen Stuhl. „Das ist mein Sklave Anakin. Wir können in seiner Gegenwart ungestört sprechen."

Anakin zuckte innerlich zusammen, als sie ihn als Sklave bezeichnete, doch er sah ein, dass es notwendig war.

„Ich bin gekommen, um Euch eine Nachricht von den Colicoiden zu überbringen", sagte Siri. „Sie werden die Fabriken von Nar Shaddaa übernehmen. Krayn hat davon natürlich keine Ahnung."

Die Furcht auf Culpas Gesicht wurde zu nackter Angst. „Übernehmen?", flüsterte er.

„Sie haben die Macht", sagte Siri. „Und jemand, der Krayn sehr nahe steht, hat beschlossen, ihnen zu helfen. Das bin ich. Ich habe Euch immer gemocht, Culpa. Deshalb möchte ich Euch jetzt die Gelegenheit geben, Euch auf unsere Seite zu schlagen."

„Gegen Krayn?" Aga Culpas Finger gruben sich in die Armlehnen seines Stuhles.

„Es wäre ein kluger Schachzug. Und einfach. Ihr müsst überhaupt nichts tun. Nur den Wachen in den Fabriken sagen, dass sie sich nicht einmischen sollen, wenn die Sklaven etwas unternehmen."

„Das kann ich nicht", sagte Aga Culpa. „Krayn würde mich töten."

„Seid Ihr Euch so sicher, dass Euch die Colicoiden in Ruhe lassen, wenn Ihr es nicht tut?", fragte Siri in einem zuvorkommenden Tonfall.

Aga Culpas beunruhigter Ausdruck wurde noch besorgter. Er schüttelte den Kopf. „N… nein, ich kann mich nicht gegen Krayn wenden."

Siri warf Anakin einen kurzen, müden Blick zu. Aga Culpa war offensichtlich zu schwach und zu sehr gelähmt vor Angst, um ein Risiko einzugehen. Sie zuckte mit den Schultern. Anakin wusste, was sie im Sinn hatte.

Er spürte, wie sich die Macht in dem Raum sammelte. Sie war sehr stark und er bewunderte den Zugriff, den Siri auf die Macht hatte. Sie wandte ihre Aufmerksamkeit wieder Aga Culpa zu und führte ihre Hand vor seinem Gesicht vorbei.

„Kontaktiert die Sklavenwachen von Nar Shaddaa. Sagt ihnen, sie sollen nichts unternehmen, wenn es eine Revolte gibt."

„Ich werde sie anweisen, nichts zu unternehmen. Ich werde die Wachen kontaktieren." Aga Culpas Gesicht war vollkommen ausdruckslos, doch die Gedankenbeeinflussung hatte gewirkt. Bei einem solch schwachen Verstand wie dem von Aga Culpa war das auch keine Schwierigkeit.

„Jetzt sofort."

Sie sahen, wie Aga Culpa seinen Comlink aktivierte und mit seinem befehlshabenden Offizier sprach. Er überging den ungläubigen Gesichtsausdruck des Wachmanns mit einer deutlichen Wiederholung des Befehls.

„Führt den Befehl aus oder tragt die Konsequenzen", flüsterte Siri.

„Führt den Befehl aus oder tragt die Konsequenzen", wiederholte Aga Culpa gehorsam. Er beendete die Kommunikation.

„Danke, Culpa. Ich weiß Eure Unterstützung zu schätzen."
Siri sprang athletisch von dem Stuhl und ging zur Tür hinaus.

Sobald sie und Anakin draußen waren, runzelte sie die Stirn. „Die Colicoiden werden nicht so einfach herumzukriegen sein. Jedi-Gedankentricks funktionieren bei ihnen nicht. Ich werde wohl allein gehen müssen, Anakin."

„Ich muss ohnehin mit den Sklaven reden."

„Ich muss dir kein Glück wünschen", sagte Siri. „Ich weiß, dass du es schaffen wirst."

„Glück hilft immer. Ich werde auf Euer Signal warten."

Anakin lief zum Turbolift. Er hatte großes Vertrauen zu Siri gewonnen.

Es kostete Anakin ein paar Minuten sorgsamer strategischer Planung, um an dem patrouillierenden Wachdroiden in der Fabrik vorbeizukommen. Er schlich sich neben Mazie ans Förderband in der Hoffnung, dass die Wachen nicht plötzlich auf die Idee kommen würden durchzuzählen.

Er erklärte ihr schnell die Situation und was er brauchte.

Sie sah ihn verwundert an. „Du willst wirklich hier ausbrechen, stimmt's?"

„Nicht allein", gab Anakin zurück. „Mit allen zusammen."

„Das kann ich nicht tun, Anakin", sagte Mazie leise, während sie weiterarbeitete. „Ich kann sie nicht darum bitten, so viel zu riskieren."

„Das Einzige, worum wir uns Sorgen machen müssen, sind

die Droiden. Die Nar-Shaddaa-Wachen werden wegschauen."

„Die Droiden sind schon genug."

„Was wäre, wenn ich ein Ablenkungsmanöver starten würde? Eine Explosion? Ich weiß, wo in den Höhlen der Sprengstoff aufbewahrt wird."

Mazie biss sich auf die Unterlippe. „Ich weiß nicht ..."

„Das ist die einzige Chance, Mazie. Willst du hier bis zu deinem Lebensende schuften? Willst du, dass Berri als Sklavin lebt?"

„Du bist nicht fair."

„Aber ich habe Recht."

„Vielleicht ... vielleicht gibt es eine kleine Gruppe, die revoltieren wird", sagte sie langsam.

„Wirst du Kontakt mit ihnen aufnehmen?"

Sie nickte.

„Andere werden sehen, dass wir Erfolg haben, und zu uns stoßen", sagte Anakin zuversichtlich.

„Ich hoffe, dass du Recht hast", murmelte Mazie. Ihre Hände zitterten jetzt beim Arbeiten.

Anakin schlich sich davon. Diese Schicht endete in ein paar Minuten. Jetzt hing alles von Siri ab.

Kapitel 19

Da er weder Anakin noch Siri finden konnte, musste sich Obi-Wan bei der colicoidischen Delegation melden und Bericht erstatten, oder er würde seine Tarnung gefährden. Er hatte gerade mit seinem Bericht begonnen, als Siri hereingelaufen kam.

Erleichterung überkam Obi-Wan, als er sah, dass es ihr gut ging. Er trat einen Schritt zurück zur Wand, damit sie nicht abgelenkt war, falls sie ihn erkannte. Er sah die Entschlossenheit in ihrem Gesicht – Siri hatte einen Plan.

„Bitte entschuldigt, dass ich ohne Einladung zu diesem Treffen komme", sagte sie zu Fik. „Ich komme auch ohne Krayns Wissen."

Nor Fik sah überrascht aus, versuchte aber sein Erstaunen sofort wieder zu verbergen. „Weiter."

„Ich glaube fest daran, dass Ihr die Gewürzfabriken auf Nar Shaddaa verlieren werdet, wenn Ihr Krayn weiterhin erlaubt, sie zu kontrollieren, und wir alle würden den enormen Profit verlieren, der damit erzielt wird", sagte sie.

„Und warum sollten wir auf Euch hören?", fragte Nor Fik mit eisiger Stimme.

„Weil ich mehr über Krayns Unternehmungen weiß als er selbst", gab Siri zurück. „Die Sklaven stehen kurz vor einer Revolte. Und er hat nicht genügend Sicherheitskräfte, um die Revolte einzudämmen."

Nor Fik wandte sich an Obi-Wan. „Und was denkt Ihr, Bakleeda?"

„Was ich gesehen habe, unterstützt ihre Aussage", sagte Obi-Wan knapp. Er wusste, dass er alles verderben könnte, wenn er zu viel sagte.

Siri sah ihn neugierig an. Sie wusste, dass etwas nicht stimmte, doch erkannt hatte sie ihn nicht. Obi-Wan war versucht, mit der Macht hinauszugreifen, doch er tat es nicht. Sie musste nicht wissen, wer er war. Er erahnte ihren Plan und folgte ihm jetzt einfach.

Siri hakte ihre Finger hinter ihren Gürtel, als sie wartete, bis Nor Fik eine Entscheidung traf. Obi-Wan sah, wie sich ihre Hände erst an- und dann wieder entspannten. Und dann sah er gerade noch einen kleinen Signalgeber unter ihrem Gürtel.

Sie hatte ein Signal ausgesandt. Das konnte nur eines bedeuten: Anakin.

„Wir müssen das näher untersuchen", sagte Nor Fik schließlich. „Wir können auf der Grundlage dieser wenigen Meinungen keine Entscheidung treffen. Wir sind nicht darauf vorbereitet, die gesamten Unternehmungen auf Nar Shaddaa zu übernehmen."

„Aber eines Tages wollt Ihr das doch", nahm Siri frech an. „Ihr werdet Krayn doch nicht für immer im Boot behalten. Ihr werdet seine Methoden beobachten und herausfinden, wie Ihr sie verbessern könnt und dann zuschlagen. Er ist Euch nicht gewachsen. Ich glaube fest daran, dass die Gewürzfabriken mit Arbeitern viel effektiver betrieben werden könnten als mit Sklaven. Und die Hilfe, die Ihr dabei von der Republik bekommen würdet, wäre ein enormer Vorteil. Ihr habt jetzt schon eine ansehnliche Macht im Senat."

„Ihr sprecht gewandt, Zora, doch ich muss noch einmal …"

Nor Fiks Worte wurden von einer plötzlichen Explosion übertönt. Siri wurde beinahe zu Boden geschleudert, konnte sich aber gerade noch fangen. Einer der Colicoiden fiel von seinem Stuhl und rappelte sich schnell – und peinlich berührt – wieder auf.

Siri, Obi-Wan und Nor Fik gingen hastig zum Fenster. Von dort sah man über die Gewürzfabrik hinweg. Eine große Rauchsäule stieg von einem der Gebäude auf.

„Die Rebellion hat begonnen", sagte Siri. „Glaubt Ihr mir jetzt?"

Nor Fik starrte auf die Fabrik hinab. Einen Augenblick später gingen die Tore auf und Sklaven liefen heraus. Ein paar von ihnen trugen sogar Waffen, die sie von den Nar-Shaddaa-Wachen gestohlen hatten.

„Wo ist Krayn?", fragte Nor Fik Siri.

„In seiner Unterkunft."

„Vielleicht wäre es an der Zeit, dass man ihn … festsetzt."

Siri legte eine Hand auf den Griff ihres Lichtschwerts. „Das kann ich arrangieren."

Kapitel 20

Anakin hatte die Gruppe von Sklaven versammelt, um die Sprengsätze anzubringen und zu zünden. Mit einer Kombination aus Macht- und Lichtschwert-Einsatz hatte er eine kleine Schwadron Wachdroiden ausgeschaltet. Der Sieg über die Droiden hatte bei den Sklaven einen gewaltigen Jubel ausgelöst und schon bald hatten sie den Droiden die Waffen abgenommen und selbst angelegt. Die Rebellion breitete sich aus.

Anakin hielt nur so lange inne, bis er sicher sein konnte, dass die Explosion ihren Zweck erfüllt und die Sklaven im Kampf die Oberhand gewonnen hatten. Alle Nar-Shaddaa-Wachen legten schnell ihre Waffen nieder und verließen den Bereich. Die Sklaven nahmen die Waffen an sich und richteten sie auf die Droiden.

Anakin rannte von der Fabrik zum Turbolift. So wie er Krayn einschätzte, würde der Pirat nicht auf Nar Shaddaa bleiben. Sobald Krayn klar werden würde, dass sich die Rebellion nicht niederschlagen ließ, würde er zu seinem Transportschiff eilen. Aber Anakin würde ihn aufhalten.

Er kam gerade noch rechtzeitig zur Landeplattform, um zu sehen, wie Krayn zu seinem Schiff hastete. In der einen Hand hielt der Pirat einen Blaster und in der anderen eine Vibro-Axt.

Anakin lief vom anderen Ende der Plattform und mit aktiviertem Lichtschwert auf ihn zu. Krayn sah ihn kommen und beschleunigte seinen Schritt.

Doch Anakin war schneller. Mit einem gewaltigen Satz landete er genau vor Krayn.

„Es ist Zeit, die Rechnung für deine Verbrechen zu bezahlen", sagte er.

„Aber sicher nicht an dich, kleiner Junge", schnaubte Krayn.

Anakin griff an. Er hatte keine Angst. Da war etwas Eigenartiges in seinem Blut, so als würde jetzt Eis durch seine Adern fließen. Es war kein Hass, redete er sich ein. Er fühlte keinen Hass. Es war nur Sinn für Gerechtigkeit. Entschlossenheit.

All die Leben dort unten in den Fabriken, all die Leben, die er auf Tatooine gekannt hatte, seine Mutter, Hala, Amee. Alle, die gelitten hatten, waren jetzt präsent. Alle, die er verloren hatte, alle, die er geliebt hatte. Sogar Qui-Gon war hier, um ihn anzutreiben, das wusste er sicher.

Er schlug auf Krayn ein. Der Pirat war schneller, als er erwartet hatte. Blasterfeuer versengte den Stoff von Anakins Tunika. Er drehte sich um und trat in der Hoffnung nach Krayn, ihm die Waffe aus der fleischigen Faust schlagen zu können. Doch der Pirat nahm den Tritt hin und behielt die Waffe.

Das helle Geräusch von Blasterfeuer folgte Anakin, als er Salto schlagend auf Krayns linke Seite kam. Der Pirat wich dem ersten Lichtschwerthieb aus, doch Anakin führte den nächsten Hieb aus einem unerwarteten Winkel aus. Krayn bellte auf, als ihn das Lichtschwert streifte.

Er hob die Vibro-Axt, als wäre sie ein Spielzeug und schlug damit von unten nach oben nach Anakin. Der wich überrascht aus, jedoch nicht schnell genug, sodass die Axt sein Handgelenk traf. Ihm wurde vor Schmerz beinahe schwarz vor Augen. Wenn Krayn nur ein oder zwei Zentimeter näher gewesen wäre, hätte er Anakin die Hand abgehackt.

Anakin warf das Lichtschwert zurück in seine unverletzte Hand. Er sprang um Krayn herum und griff von hinten an. Krayn drehte sich um und zielte mit dem Blaster. Anakin wich dem Feuer aus und ging vorwärts, womit er Krayn zum Zurückweichen zwang.

Er spürte, wie Sicherheit ihn erfüllte. Von jetzt an würde er keine Fehler mehr machen.

Erinnerungen kamen in ihm hoch. Erinnerungen an seine Mutter, an Amees Tränen noch Monate nach Halas Entführung. Er nahm Krayns Boshaftigkeit in sich auf und schlug mit derselben Kraft zurück, trieb ihn zur Mauer hin, damit er ihn in der Falle hatte. Er sah das Aufblitzen einer ersten Träne in Krayns Auge und empfand Vergnügen dabei.

„Du wirst durch meine Hand sterben, Krayn", sagte er durch zusammengebissene Zähne. „Du wirst durch die Hand eines Jungen sterben."

Krayn war zu erschöpft, um zu antworten. Sein Haar war nass und klebte an seiner Stirn. Sein mächtiger Arm zitterte, als er versuchte, die Vibro-Axt gegen Anakin zu erheben.

Jetzt hatte Anakin ihn dort, wo er ihn haben wollte. Er würde keine Gnade zeigen. Krayn verdiente keine. Es würde keine Gefangennahme Krayns geben. Nur seinen Tod.

Obi-Wan war Siri aus dem Konferenzraum gefolgt. Sobald sie allein waren, zog er seine Maske ab.

„Das hatte ich mir schon gedacht", sagte Siri. „Du warst noch nie gut im Verkleiden."

„Ich habe dich täuschen können", sagte Obi-Wan. „Gib es zu."

Sie bleckte die Zähne in seine Richtung. „Niemals."

Sie gingen im Laufschritt zu Krayns Wohnräumen. Er war aber weder in seinem Empfangszimmer noch im Kontrollzentrum.

„Er würde nicht zur Fabrik hinuntergehen", sagte Siri. „Er würde keineswegs irgendwo in der Nähe der Rebellion sein wollen."

Sie sahen sich an.

„Die Landeplattform", sagte Siri und lief los.

Sie rannten durch die Korridore und hinaus ins Freie. Am anderen Ende hatte Anakin Krayn in der Zange. Der Pirat war vornüber gebeugt und atmete schwer. Noch während sie hinsahen, fiel die Vibro-Axt aus seiner blutenden Hand scheppernd zu Boden. Er hob das Gesicht und sah seinen Gegner an.

„Anakin!", rief Obi-Wan. Er lief los. Siri ging etwas seitlich auf die Szenerie zu für den Fall, dass er Unterstützung brauchte.

Sein Padawan hörte ihn nicht. In Anakins Gesicht bemerkte er eine Intensität, die er noch nie zuvor gesehen hatte.

Anakin hob sein Lichtschwert, um den tödlichen Hieb auszuführen.

„Nicht!", schrie Obi-Wan.

Das Lichtschwert fuhr herab. Anakin versenkte es in Krayns Brust. Der Mund des Piraten öffnete sich in einem lautlosen Schrei. Er sah Anakin genau in die Augen. Dann fiel er zu Boden.

Epilog

Ein paar Tage später saßen Obi-Wan, Siri und Anakin beieinander und beobachteten, wie sich das wendige, silberne Transportschiff auf Krayns Landeplattform herabsenkte.

„Wir werden auf jeden Fall stilvoll nach Coruscant zurückkehren", sagte Siri. Sie sah jetzt wieder mehr wie die vertraute Siri aus: in eine einfache Tunika gekleidet, das Gesicht sauber gewaschen und die blonden Haare, die in der schwachen Sonne glänzten, hinter die Ohren geschoben.

„Es passiert nicht oft, dass eine Senatsdelegation kommt, um uns zu einer erfolgreich abgeschlossenen Mission zu gratulieren und uns nach Hause zu bringen", sagte Obi-Wan. „Eigentlich nie."

„Ich nehme an, dass sie für die Befreiung von Nar Shaddaa dankbar sind", sagte Siri.

„Ganz zu schweigen von Krayn und seinem Piratenimperium", sagte Obi-Wan. „Die Galaxis wird jetzt für viele sicherer sein."

Anakin nickte. Obi-Wan beobachtete aufmerksam sein Gesicht. Es war so jungenhaft und offen. Der Anflug von etwas Dunklem, etwas Wildem, den er gestern bei dem Kampf mit Krayn gesehen hatte, verschwand langsam wieder. Der Junge, den er kannte, war jetzt wieder zu erkennen. Anakin hatte ihm erzählt, dass Krayn noch immer einen Blaster in der Hand gehalten hatte. Sein Leben war in Gefahr gewesen. Er hatte den Jedi-Kodex nicht verletzt, als er ihn getötet hatte.

Und doch hatte Obi-Wan Zweifel. Zweifel, die er niemandem mitteilen konnte. Siri hatte den Ausdruck auf Anakins Gesicht nicht gesehen.

„Komm, lass uns sie begrüßen", sagte Obi-Wan, als die Landerampe herunterfuhr.

„Wartet, da sind Mazie und Berri", sagte Anakin. „Ich muss sie begrüßen."

„Anakin, Kanzler Palpatine ist höchstpersönlich hier", erinnerte Obi-Wan ihn.

Anakin grinste und fuhr sich mit einer Hand durch die Haare. „Ich weiß."

Obi-Wan nickte. Anakin hatte Recht. Nur dank Mazie und Berri hatten sie ihre Mission erfolgreich abschließen können. Die Politiker konnten warten.

Mazie und Berri kamen näher. Mazie humpelte ein wenig. Sie war im Kampf verwundet worden.

„Wir wissen, dass Ihr aufbrecht", sagte Mazie. „Wir wollten Euch nicht gehen lassen, ohne Euch zu danken." Sie sprach zu allen drei Jedi, doch ihr Blick ruhte auf Anakin. „Ihr habt uns alle befreit."

„Du hast dich selbst befreit", korrigierte Anakin sie. „Ich muss mich bei dir bedanken." Er wandte sich an Berri. „Und du, Berri – ich bin froh, dich endlich persönlich kennen zu lernen. Du hast großen Mut gezeigt, als du Siri und mir bei der Flucht geholfen hast."

„Ich habe nur getan, was ich konnte", sagte Berri.

„Das war eine große Tat", sagte Siri.

„Die Colicoiden haben uns ein Gehalt angeboten, wenn wir bleiben", sagte Mazie. „Wir werden es annehmen, bis wir genug verdient haben, um den Planeten zu verlassen. Nar Shaddaa ist kein Ort, an dem man leben kann."

„Vielleicht können die Jedi beim Umzug und beim Transport behilflich sein", sagte Siri. „Wir bleiben in Kontakt, nachdem wir den Tempel erreicht haben."

Mazie und Berri sahen sich erfreut an. „Das wäre sehr schön", sagte Mazie. „Kommt gut nach Hause."

Berri lächelte. „Ihr müsst Euch keine Sorgen über Piraten machen."

Mazie streckte die Hand aus und griff in einem plötzlichen Gefühlsausbruch nach Anakins Schultern. „Du hast unsere Sicherheit und unser Leben gerettet, indem du Krayn getötet hast. Das werden wir niemals vergessen."

„Ich werde euch niemals vergessen", sagte Anakin.

Die drei Jedi drehten sich um und gingen zur Senatsdelegation. Kanzler Palpatine lächelte und hielt seine Hände hoch.

„Die Jedi haben Nar Shaddaa endlich Frieden gebracht", sagte er. „Jetzt können wir beginnen, diese Welt aufzuräumen. Die Colicoiden brauchen unsere Hilfe und wir brauchen die ihre." Er zuckte mit den Schultern. „Das ist der Preis, den wir für die Befreiung von Nar Shaddaa und Krayns Ende bezahlen. Der Senat dankt Euch für Euren großen Dienst an der Galaxis."

Die Jedi nickten respektvoll.

„Und jetzt kommt an Bord. Wir haben alles für eine komfortable Heimreise nach Coruscant vorbereitet", sagte Palpatine. Er legte eine Hand auf Anakins Schulter und ging mit ihm zum Schiff voraus.

Obi-Wan zögerte. Siri blieb ebenfalls neben ihm stehen. Er sah, wie sich Palpatine zu Anakin hinabbeugte und etwas zu ihm sagte. Warum war er nur so beunruhigt?

War es die Erinnerung an das, was er in Anakins Gesicht während des Kampfes mit Krayn gesehen hatte? Sein Padawan hatte sich in der Hitze des Gefechts befunden und Angst um sein Leben gehabt. Er hatte gespürt, dass Krayn gerade hatte schießen wollen. Er hatte allen Grund gehabt, ihn zu töten. Er hatte ihn nicht aus Hass und Rache getötet.

Und doch, als sich Anakin vollständig zu ihm umgewandt hatte, war sein Gesichtsausdruck so leer gewesen. In seinem Blick waren weder Triumph noch Angst zu sehen gewesen. Nur Leere.

Anakin war vom Kampf betäubt gewesen, sagte sich Obi-Wan. Auch er hatte das von Zeit zu Zeit erlebt.

Ich werde ihn nicht verstoßen, Qui-Gon, schwor Obi-Wan lautlos. *Ich sehe, was Ihr seht. Ich sehe, wie sehr er kämpft. Ich sehe seine immensen Möglichkeiten für das Gute.*

Siri kam etwas näher zu ihm. „Es sieht so aus, als hätte dein Padawan dem Kanzler imponiert. Er hat viele Begabungen."

„Ja", stimmte Obi-Wan zu. „Und doch muss er noch viel lernen."

Die Vision von Qui-Gon, die Obi-Wan in der Höhle von Ilum gehabt hatte, kam ihm wieder in den Sinn. Er wusste nicht, was ihm die Vision hatte sagen wollen – außer weiterzumachen. Er würde weitermachen. Er würde seinen talentierten Padawan so gut führen, wie er konnte. Er würde nicht versagen.

Glossar

Adi Gallia

Eine ➤Jedi-Meisterin, die für ihr imposantes Auftreten bekannt ist. Adi Gallia strahlt nicht nur aufgrund ihrer Körpergröße eine starke Autorität aus. Ihr ➤Padawan war einst ➤Siri.

Äußerer Rand

Der Äußere Rand ist die Randzone der ➤Galaxis und wird auch oft als „Outer Rim" bezeichnet. Der Äußere Rand gilt im Allgemeinen als uninteressante und verschlafene Region.

Aga Culpa

Der Regent des Mondes ➤Nar Shaddaa. Er sieht dem dortigen Treiben des Sklavenhändlers ➤Krayn tatenlos zu.

Amee

Eine Freundin von ➤Anakin Skywalker, die ebenso wie er noch während ihrer Kindheit auf ➤Tatooine als Sklavin arbeiten musste. Amees

Mutter ➤Hala wurde eines Tages entführt.

Anakin Skywalker
Ein ehemaliger Sklavenjunge, der bis zu seinem neunten Lebensjahr beim Schrotthändler ➤Watto auf ➤Tatooine arbeiten musste. Dann wurde er vom ➤Jedi-Ritter ➤Qui-Gon Jinn entdeckt und von ihm dem ➤Rat der Jedi für eine Ausbildung zum Jedi empfohlen. Der Rat war darüber von Anfang an geteilter Meinung, da Anakin gemäß des Jedi-Kodex' eigentlich schon zu alt war, um noch mit der Ausbildung zu beginnen und andererseits auch eine Menge Aggressivität in ihm zu stecken schien, was die Gefahr einer Verführung zur Dunklen Seite der ➤Macht in sich barg. Da Qui-Gon Jinn kurz nach Anakins Entdeckung ermordet wurde, übernahm dessen ehemaliger ➤Padawan ➤Obi-Wan Kenobi schließlich mit Zustimmung des Rates die Ausbildung Anakins. Anakin ist jetzt der Padawan von Obi-Wan und dreizehn Jahre alt. Seine Mutter ist ➤Shmi Skywalker.

Anchorhead
Eine kleine Stadt auf dem Planeten ➤Tatooine. Anchorhead ist der zentrale Handelsplatz der ➤Feuchtfarmer.

Anf Dec
Ein ➤colicoidischer Frachterkapitän.

Astri Oddo
Die Tochter von ➤Didi Oddo. Sie betreibt mit ihrem

Vater zusammen ein beliebtes Café auf ➤Coruscant und ist seit einer dreizehn Jahre zurückliegenden Mission mit ➤Obi-Wan Kenobi und dessen verstorbenem Meister ➤Qui-Gon Jinn eine gute Freundin von Obi-Wan.

Bakleeda

Der erfundene Name eines Sklavenhändlers, als welcher sich ➤Obi-Wan Kenobi verkleidet, um seinen ➤Padawan ➤Anakin Skywalker aus der Gefangenschaft ➤Krayns zu retten.

Bantha

Elefantenähnliche Lasttiere mit zottigem Fell und großen, widderartigen Hörnern vom Planeten ➤Tatooine. Sie können bis zu einem Monat ohne Wasser auskommen.

Berri

Die sechzehnjährige Tochter der ➤Twi'lek-Sklavin ➤Mazie, die wie ihre Mutter auf ➤Nar Shaddaa für den Sklavenhändler ➤Krayn arbeiten muss.

Blaster

Die meistgebrauchte Waffe in der ➤Galaxis. Es existieren viele Varianten von Pistolen und Gewehren. Blaster emittieren Strahlen aus Laserenergie.

Colicoiden

Die Colicoiden sind eine intelligente Spezies mit gepanzerten Leibern, langen, antennenbesetzten Köpfen und mächtigen, stachelbewehrten Schwänzen. Sie waren in der ➤Galaxis einst als tödliche Kämpfer bekannt, haben ihre Energien jedoch schon vor langer Zeit dem Handel zugewandt und wurden dabei enorm reich. Erst kürzlich wurden die Colicoiden Mitglieder des ➤Galaktischen Senats.

Comlink
Ein Kommunikationsgerät, mit dem man Gespräche, Bilder und wissenschaftliche Daten übertragen kann.

Condi
Ein Bewohner des Planeten ➤Zoraster, der einst wie viele andere vom Piraten ➤Krayn entführt wurde und seitdem in seinen Diensten Sklavenarbeit verrichten muss.

Coruscant
Planet und offizieller Sitz des ➤Galaktischen Senats sowie des ➤Jedi-Tempels. Coruscant ist eine einzige riesige Stadt; jeder Quadratmeter des Planeten ist bebaut. Coruscant liegt im ➤Galaktischen Kern und markiert die Koordinaten Null-Null-Null im Navigations-Koordinatensystem.

Credits
Galaktisches Zahlungsmittel, das in allen Systemen, die der ➤Galaktischen Republik angehören, akzeptiert wird. Auch auf anderen Welten werden Credits teilweise angenommen, da sie für ihre Stabilität bekannt sind. Die Credits werden meist bargeldlos übermittelt, es gibt aber auch fälschungssichere Kunststoffkarten.

Datapad
Mobiler Datenspeicher in handlicher Form. Das Da-

tapad ist eine Art Personalcomputer und verfügt über enorme Speicherkapazitäten. Es ist mit einem Monitor und einer Tastatur ausgestattet und kann überall mit hin genommen werden. Datapads werden u. a. als elektronische Notizbücher, Terminplaner, Datensammlungen etc. verwendet.

Deflektor-Schild
Ein Kraftfeld, das sowohl feste Objekte abwehren als auch Energie absorbieren kann. Es schützt somit alles, was innerhalb seines Wirkungsbereichs liegt.

Dice
Ein in der ➢Galaxis beliebtes Glücksspiel.

Didi Oddo
Didi Oddo war einst alleiniger Betreiber von „Didi's Café" und betrieb gleichzeitig noch den Handel mit teils geheimen Informationen. Dennoch hat er viele Freunde unter den ➢Jedi-Rittern und den Mitgliedern des ➢Galaktischen Senats. Er war auch ein guter Freund von ➢Qui-Gon Jinn. Didis Tochter ➢Astri war mit den Nebengeschäften des Vaters gar nicht einverstanden und konnte ihn nach einem lebensgefährlichen Abenteuer, in das auch Qui-Gon und ➢Obi-Wan Kenobi verwickelt waren, dazu überreden, das Café mit ihr zusammen zu seinem Haupterwerb zu machen. Es heißt jetzt „Didis und Astris Café".

Dor
➢Splendor.

Droiden

Roboter, die für nahezu jede nur vorstellbare Aufgabe in der ➤Galaxis eingesetzt werden. Form und Funktion der Droiden variieren stark.

Durafolie

Eine papierähnliche Folie, die mit einem Impulsgeber beschriftet wird. Es gibt Versionen, auf denen die Schrift nach einiger Zeit verblasst und solche, die unlöschbar sind.

Durastahl

Ein sehr hartes und ultraleichtes Metall, das höchsten mechanischen Beanspruchungen und Temperaturschwankungen standhält. Es wird sehr oft im Raumschiff- und Häuserbau eingesetzt.

Elektro-Jabber

Ein handliches Gerät, mit dem sich Elektroschocks verschiedener Intensität austeilen lassen. Der Elektro-Jabber wirkt nur bei Berührung und wird gern von Wachen und Folterknechten benutzt. Er ist auch als Elektro-Schocker oder Elektro-Pike bekannt.

Elza Monimi

Ein Nachbar von ➤Amee und ➤Hala auf ➤Tatooine.

Eopies

Vierbeinige, etwa pferdegroße Tiere mit kurzen Rüsselschnauzen, die auf ➤Tatooine leben und als Transport- und Reittiere domestiziert sind.

Feuchtfarmer

Sie haben Ihren Namen von den Farmen, die sie auf dem

öden Wüstenplaneten ➤Tatooine betreiben: Der Luft wird mit Hilfe von Kondensatoren Wasser entzogen, womit dann unterirdische Pflanzungen bewässert werden.

G-Klasse-Shuttle

Ein kleines Raumfahrzeug für bis zu vier Mann Besatzung mit wenig Frachtraum und drei Flügeln, wobei die beiden horizontalen je nach Fluglage hochgeklappt werden können. Der dritte Flügel steht hinter der Passagierkanzel senkrecht nach oben.

Galaktische Republik

Die Galaktische Republik setzt sich aus den durch die Gouverneure im ➤Galaktischen Senat repräsentierten Mitgliedsplaneten zusammen.

Galaktischer Kern

Der Galaktische Kern bildet die Region der dicht bevölkerten Welten um den Galaktischen Tiefkern, in dem sich wiederum eine große Menge Antimaterie und ein schwarzes Loch befinden. ➤Coruscant liegt im Galaktischen Kern.

Galaktischer Senat

Der Galaktische Senat tagt in einem riesigen, amphitheaterähnlichen Gebäude auf ➤Coruscant, wo tausende von Senatoren aus allen Welten der ➤Galaktischen Republik den Sitzungen beiwohnen.

Galaxis

Eine Ballung von Milliarden von Sternen. Galaxien sind in Galaxienhaufen, diese wiederum in so genannte Superhaufen organisiert. Die Entfernungen zwischen den einzelnen Galaxien sind jedoch dermaßen groß, dass sie bislang nicht überwunden werden konnten.

Gewürz
Der allgemein übliche Ausdruck für das so genannte Glitzerstim-Gewürz, das auf den Planeten ➤Kessel und ➤Nar Shaddaa vorkommt und telepathische Fähigkeiten verleiht. Das Gewürz ist äußerst wertvoll und aufgrund eines vom ➤Galaktischen Senat reglementierten Handels Gegenstand von exzessivem Schmuggel.

Gogol
Ein großer Humanoider mit kahl geschorenem Kopf, der sich oft im ➤Splendor auf-

hält und Informationen verkauft.

Gorgodon
Eine große, massige, nicht-intelligente Spezies vom Planeten ➤Ilum. Die Tiere ernähren sich normalerweise von Moosen und Sträuchern. Trotz ihrer Größe sind Gorgodons geschickte Kletterer an den vereisten Felswänden ihres Heimatplaneten. Außerdem sind sie aufgrund ihrer schnellen und schlagkräftigen Schwänze gefürchtete Gegner in einem Kampf.

Gravschlitten
Eine ➤Repulsor-getriebene, einfache Schwebeplattform für bis zu drei Personen, die recht spartanisch ausgestattet ist. Es findet sich außer den Steuerinstrumen-

ten kaum mehr als ein Windschutz für die Fahrgäste.

Greel

Eine in der ➤Galaxis äußerst seltene Baumart, deren Holz als sehr kostbar gilt.

Hala

Die Mutter von ➤Amee. Hala wurde einst vom Sklavenhändler ➤Krayn von ➤Tatooine entführt und seitdem nie wieder gesehen.

Holodatei

Eine auf holografischer Basis abgespeicherte Datei, die sowohl zweidimensionale Daten wie Zahlen als auch dreidimensionale Bilder enthalten kann. Die holografische Speicherweise erzielt sehr hohe Speicherdichten.

Hologramm

Ein bewegtes dreidimensionales Bild, das an einen anderen Ort zum Zweck der interaktiven audiovisuellen Kommunikation übertragen werden kann. Am Empfangsort erscheint das Hologramm als geisterhafte Projektion im Raum. Je nach Ausführung des Holo-Projektors kann das Hologramm in der Größe variieren. Es gibt auch Bildschirme für Hologramme (Holoschirme) und holografische Festbilder (Holobilder).

Hyperantrieb

Der Hyperantrieb beschleunigt ein Raumschiff auf Überlichtgeschwindigkeit und damit in den ➤Hyperraum.

Hyperraum

Der Hyperraum ist das physikalische Medium, in dem sich ein Raumschiff während eines überlichtschnellen Fluges aufhält.

Ilum

Ein eiskalter und rauer Planet, auf dem dauernde Gewitter herrschen. Ein Höhlensystem in den Bergen von Ilum ist auf geheimnisvolle Weise mit der Geschichte der ➤Jedi verknüpft. Jeder ➤Jedi-Padawan muss am Ende seiner Ausbildung in dieser so genannten ➤Kristallhöhle sein eigenes ➤Lichtschwert anfertigen.

Imbats

Eine Spezies, über die nur wenig bekannt ist. Die Imbats können mehr als mannshoch werden, haben eine ledrige Haut und ben eine ledrige Haut und massige Beine, die in breiten, klauenhaften Zehen enden. Ihre kleinen Köpfe enthalten nur schwach entwickelte Gehirne und werden von großen, hängenden Ohren dominiert. Die Imbats gelten als sehr dumm und äußerst gewalttätig.

Ionen-Sturm

Ein Sturm aus frei gewordener Ionen-Energie im Weltraum. Ionen-Stürme können sehr überraschend auftreten und stellen eine Gefahr für den interplanetaren Raumverkehr dar.

Jedi-Meister

Sie sind die ➤Jedi-Ritter, die den höchsten Ausbildungsstand erreicht haben und selbst junge ➤Jedi-Padawane ausbilden.

Jedi-Padawan

Ein junger Jedi-Anwärter, der von einem ➤Jedi-Meister als dessen persönlicher Schüler angenommen wurde. Ein Jedi-Schüler, der bis zu seinem dreizehnten Geburtstag von keinem Jedi-Meister als Padawan angenommen wurde, kann nicht mehr zum ➤Jedi-Ritter ausgebildet werden.

Jedi-Ritter

Die Hüter von Frieden und Gerechtigkeit in der ➤Galaxis. Jedi-Ritter zeichnen sich durch eine besonders gute Beherrschung der ➤Macht aus und haben sich vor Jahrtausenden zu einem Orden zusammengeschlossen.

Jedi-Tempel

Der riesige Jedi-Tempel ist Sitz des ➤Rates der Jedi auf ➤Coruscant. Hier werden auch die jungen Jedi-Schüler ausgebildet.

Kashyyyk

Der Heimatplanet der wilden, aber treuen ➤Wookiees. Die Oberfläche von Kashyyyk wird von kilometerhohen Bäumen geprägt, in denen jeweils verschiedene Ökosysteme existieren. Die Wookiees bauen ihre teils Kilometer durchmessenden Städte hoch oben in diesen Bäumen.

Kessel

Ein rötlicher, kartoffelförmiger Planet, auf dem es früher die einzigen bekannten Vorkommen des gesuchten Glitzerstim- ➤Gewürzes gibt, das seit einiger Zeit auch auf ➤Nar Shaddaa abgebaut wird. Der Planet hat einen großen Mond, eine einzige Stadt namens Kessendra und ist zum größten Teil von Salzebenen bedeckt. Das Kessel-System liegt in unmittelbarer Nähe einer Ballung schwarzer Löcher, die das Navigieren für die vielen Gewürz-Schmuggler zu einem riskanten Unterfangen macht.

Krayn

Ein humanoider, sehr massiger Pirat, der beinahe überall in der ➤Galaxis für seine Ruchlosigkeit bekannt ist. Neben seinen Unternehmungen im illegalen ➤Gewürz-handel betreibt Krayn seit Jahren gnadenlose Raubzüge, um sich Sklaven zu beschaffen. Wer Krayn in die Hände fällt, muss mit einem lebenslangen Sklavendasein rechnen.

Kristallhöhle

Eine Höhle auf dem Planeten ➤Ilum, die mit der Geschichte der ➤Jedi verbunden ist. Wandmalereien erzählen dort aus zehntausenden Jahren Jedi-Geschichte. In der Höhle kommen die seltenen Kristalle vor, die ein Jedi benötigt, um dort sein eigenes ➤Lichtschwert anzufertigen. Während dieser Aufgabe muss er sich allerhand verführerischen Trugbildern stellen, die ihm seine Arbeit erschweren und seinen Geist auf die Probe stellen.

Kroyie

Eine auf dem Planeten ➤Kashyyyk beheimatete Vogelspezies, die bei den ➤Wookiees als Delikatesse gilt.

Lichtschwert

Die Waffe eines ➤Jedi-Ritters. Die Klinge besteht aus purer Energie. Jedi-Ritter lernen im Laufe ihrer Ausbildung, diese Schwerter in den Höhlen von ➤Ilum mit Hilfe von nur dort vorkommenden Kristallen eigenhändig herzustellen. Es gibt verschiedene Lichtschwert-Versionen mit feststehender Amplitude und Klingenlänge sowie schwache Trainings-Lichtschwerter und solche, bei denen sich diese Parameter mittels eines Drehschalters verändern lassen. Lichtschwerter werden bisweilen auch als Laserschwerter bezeichnet.

Mace Windu

Mace Windu ist eines der obersten Mitglieder im ➤Rat der Jedi. Er ist für seine strenge, aber weise Art bekannt.

Macht

Die Macht ist ein gleichermaßen mystisches wie natürliches Phänomen: ein Energiefeld, das die ➤Galaxis durchdringt und alles miteinander verbindet. Die Macht wird von allen Lebewesen erzeugt. Wie alle Energieformen, kann die Macht manipuliert werden. Vor allem die ➤Jedi-Ritter beherrschen diese Kunst. Ein Jedi-Ritter, der die Macht beherrscht, hat besondere Fähigkeiten: Er kann beispielsweise entfernte Orte sehen oder Gegenstände und die Gedanken anderer bis zu einem gewissen Maß kontrollieren. Die Macht hat zwei Seiten: Die lichte Seite der Macht schenkt Frieden und innere Ruhe; die dunkle Seite der Macht erfüllt mit Furcht, Zorn und Aggression. Wer sich als Jedi diesen negativen Gefühlen allzu leicht hingibt, steht in Gefahr, der dunklen Seite der Macht zu verfallen.

Mazie
Eine ➤Twi'lek-Frau, die in ➤Krayns Fabrik auf ➤Nar Shaddaa als Sklavin arbeiten muss.

Mos Espa
Eine Stadt auf ➤Tatooine, in der auch ➤Anakin Skywalker und seine Mutter lebten.

Naboo
Ein grüner Planet, der vor vier Jahren von einer Blockade der so genannten Handelsföderation bedroht war. ➤Obi-Wan Kenobi und sein Meister ➤Qui-Gon Jinn wurden einst auf eine Mission zur Klärung der Situation dorthin geschickt. Auch

der damals neunjährige ➤Anakin Skywalker war bei dieser Mission dabei und leistete unfreiwillig einen wichtigen Beitrag zur Lösung des Konflikts, indem er ein Droiden-Kontrollschiff der Handelsföderation abschoss.

Nar Shaddaa
Ein Mond, auf dem das wertvolle ➤Gewürz abgebaut und in den Fabriken des Piraten ➤Krayn von Sklaven weiterverarbeitet wird.

Nor Fik
Ein politisch höher gestellter ➤Colicoide, der zu Verhandlungen mit ➤Krayn gesandt wird.

Obi-Wan Kenobi
Obi-Wan ist ein einundzwanzigjähriger junger

➤Jedi-Ritter, der ein Ver-
mächtnis seines vor vier Jahren getöteten Meisters
➤Qui-Gon Jinn erfüllt: den
talentierten ➤Anakin Sky-
walker trotz der Zweifel des
➤Rates der Jedi zum ➤Jedi-
Ritter auszubilden. Obi-Wan
Kenobi war einst selbst ein
ungeduldiger ➤Jedi-Pada-
wan, so wie sein Schüler
Anakin es jetzt ist.

Padawan
➤Jedi-Padawan.

Palpatine
Der oberste Kanzler der
➤Galaktischen Republik.
Palpatine war einst Sena-
tor und kam vor vier Jah-
ren an die Macht, als
seinem Vorgänger im
Rahmen der Ereignisse um
den Planeten ➤Naboo das
Misstrauen des ➤Galakti-

schen Senats ausgespro-
chen wurde.

Protonen-Torpedo
Ein Geschoss, das von
Raumschiffen oder auch Personen aus speziellen Werfern
abgefeuert werden kann.
Der Protonen-Torpedo erhält
seine Zerstörungskraft aus
dem Protonen streuenden
Sprengkopf und kann durch
Partikelschilde abgelenkt
werden.

Qui-Gon Jinn
Qui-Gon war ein erfahrener
➤Jedi-Meister, der vor acht
Jahren nach langem Zögern
➤Obi-Wan Kenobi als
➤Jedi-Padawan angenom-
men hatte. Qui-Gon, der
seinen Padawan mit viel
Geduld und Weisheit aus-
bildete, wurde vor vier
Jahren von einem Dunklen

➤Sith-Lord in einem Zwei-
kampf mit dem ➤Licht-
schwert getötet.

Rashtah
Ein ➤Wookiee und treuer
Begleiter des Piraten
➤Krayn.

Rat der Jedi
Gremium aus zwölf ➤Jedi-
Meistern, die sich um die An-
gelegenheiten der ➤Galaxis
kümmern und als Hüter von
Frieden und Gerechtigkeit
auftreten.

Repulsor
Antriebssystem für Boden-
und Raumfahrzeuge, das ein
Kraftfeld erzeugt. Der hier-
bei entstehende Antischwer-
kraftschub ermöglicht die
Fortbewegung von Boden-,
Luftgleitern und Düsenschlit-
ten. Sternjäger und Raum-

schiffe nutzen Repulsoren als
zusätzliches Schubkraftsys-
tem, etwa beim Andocken
oder beim Flug in der Atmosphäre.

Rorak 5
Eine Raumstation, die sich
durch eine Besonderheit
auszeichnet: Sie besitzt
Hochsicherheits-Konfe-
renzräume, die oft von
den verschiedensten Par-
teien für Treffen genutzt
werden.

Ryloth
Der Heimatplanet der
➤Twi'leks. Ryloth liegt am
➤Äußeren Rand in der
Nähe von ➤Tatooine. Die
eine Seite von Ryloth liegt
in ewiger Dunkelheit, die
andere in ewigem Tages-
licht. Heiße Stürme fegen
über die Planetenoberfläche

und bringen Wärme in die Dämmerlichtzone zwischen den beiden Seiten, wo die Twi'leks in Höhlensystemen wohnen.

Sand-Skimmer

Oberbegriff für ➤Repulsorgetriebene Schwebefahrzeuge verschiedenster Bauart, wie sie auf dem Planeten ➤Tatooine eingesetzt werden.

Schutta

Ein wieselähnliches Wesen vom Planeten ➤Ryloth.

Seilkatapult

Ein kleines Gerät, in dem sich ein äußerst stabiles, aufgewickeltes Seil befindet, das sich über weite Entfernungen schießen lässt und so zur Überbrückung dienen kann.

Shmi Skywalker

Die Mutter von ➤Anakin Skywalker. Shmi Skywalker muss – wie bis vor vier Jahren ihr Sohn – auf dem Planeten ➤Tatooine als Sklavin arbeiten.

Siri

Siri war einst ein sehr talentierter und strebsamer ➤Jedi-Padawan, die in ihren Fähigkeiten schon früh gleichaltrigen Mitschülern weit voraus war, obgleich Siri auch für ihr Temperament bekannt war. Siri war Padawan der ➤Jedi-Meisterin ➤Adi Gallia. Vor einiger Zeit kam es zu einem geheimnisvollen Zerwürfnis zwischen Meisterin und Schülerin und Siri schloss sich dem Piraten ➤Krayn an.

Sith

Ein altes Volk, dass sich der Dunklen Seite der ➤Macht anschloss. Die Sith waren in ihrer mehr als hunderttausendjährigen Geschichte mehr als einmal dicht davor, die ➤Jedi der hellen Seite zu verdrängen. Zum letzten Mal war das vor beinahe viertausend Jahren der Fall. Die Sith haben noch immer eine ungebrochene Linie von Anführern, die als dunkle Lords der Sith bekannt sind. Sie stammen vermutlich von einem Planeten namens Korriban.

Splendor

Eine recht zwielichtige Bar auf ➤Coruscant, in der sich auch das entsprechende Publikum aufhält. Das Türschild des Splendor wurde immer wieder zerschossen, sodass nur noch die Buchstaben DOR übrig blieben – weshalb das Splendor von jedermann einfach Dor genannt wird.

Survival-Pack

Eine Tasche mit allen zum Überleben in der freien Wildbahn notwendigen Gegenständen in komprimierter Form wie Nahrungsmitteln, Schutzkleidung, einer Kondensator-Einheit, einem Zelt und den nötigsten Medikamenten.

Tatooine

Ein öder Wüstenplanet im Zwillingssonnensystem Tatoo. Tatooine ist nicht Mitglied der ➤Galaktischen Republik und liegt weit entfernt von jeder galaktischen Zivilisation am ➤Äußeren Rand, dafür aber am

Kreuzungspunkt einiger wichtiger ➤Hyperraum-Routen. Tatooine hat sich daher als idealer Stützpunkt für allerhand Schmuggler und andere Kriminelle entwickelt. Der Planet wird auch von Kriminellen regiert: den Hutts, einer schwerfälligen, echsenhaften Spezies, die sich durch besondere Ruchlosigkeit auszeichnet. Wer auf Tatooine keine Schmuggel- oder sonstige Geschäfte betreibt, hat meist eine ➤Feuchtfarm. Tatooine ist die Heimat von ➤Anakin und ➤Shmi Skywalker.

Titi Chronelle
Ein Nachbar von ➤Shmi und ➤Anakin Skywalker auf ➤Tatooine.

Toong
Eine Spezies kleiner, geschlechtsloser Wesen mit humanoiden, aber sehr flachen und breiten Gesichtern vom Planeten Tund.

Toydarianer
Eine Spezies kleiner, gedrungener, halb humanoider Wesen mit Flügeln, einer kurzen Rüsselschnauze und zwei Reißzähnen vom Planeten Toydarian. Toydarianer bewegen sich trotz ihrer beiden Beine meist knapp über dem Boden fliegend und sind für ihr mürrisches Temperament bekannt.

Twi'lek
Eine Spezies vom Planeten ➤Ryloth, die bis auf eine Abweichung vollkommen human ist: Twi'leks besitzen zwei dicke Kopftentakel namens Lekku, weshalb sie oft

geringschätzig als Wurm-
köpfe bezeichnet werden.
Die Lekku werden von den
Twi'lek auch zur Kommuni-
kation mit Artgenossen eingesetzt.

Veda-Stoff

Ein sehr kostbarer Stoff, den
fast nur die höchsten Wür-
denträger tragen.

Vibro-Waffen

Handwaffen, die es in
vielen Varianten (Vibro-
Axt, Vibro-Dolch, Vibro-
Messer, Vibro-Schwert)
gibt. Ein Ultraschall-Ge-
nerator (Vibro-Generator)
im Griff erzeugt Schwin-
gungen, die die Schnitt-
kraft der Klinge erheblich
steigern. Die geringste
Berührung kann gefährli-
che Verletzungen hervor-
rufen.

Watto

Ein besonders übellauniger
➤Toydarianer, der in ➤Mos
Espa auf ➤Tatooine einen
Schrotthandel betreibt, bei
dem sich ➤Anakin Skywal-
ker bis vor vier Jahren als
Sklave verdingen musste.

Wookiee

Eine große, völlig mit Pelz
bedeckte Spezies vom Planeten ➤Kashyyyk. Wookiees
gelten gleichermaßen als
wild entschlossene Gegner
und loyale Freunde. Sie werden im Durchschnitt zwei
Meter groß und erreichen
ein Mehrfaches des mensch-
lichen Lebensalters.

Xanatos

Der ehemalige ➤Padawan
von ➤Qui-Gon Jinn, der zur
Dunklen Seite der ➤Macht
übergetreten war und sei-

nem alten ➤Jedi-Meister die Schuld daran gab. Xanatos nahm sich nach jahrelanger Verfolgung durch Qui-Gon schließlich während eines Kampfes mit seinem alten Meister das Leben.

Yoda

Ein über 800 Jahre altes Mitglied im ➤Rat der Jedi. Yoda kommt vom Planeten Dagobah, ist nur 70 cm groß, hat Schlitzohren und gilt als besonders weise.

Yor Millto

Ein Bewohner von ➤Tatooine und Eigentümer der Sklavin ➤Hala.

Zora

Die ebenso geheimnisvolle wie berüchtigte Begleiterin des Piraten ➤Krayn.

Zoraster

Ein Planet weit draußen am ➤Äußeren Rand, über den nur wenig bekannt ist.

stell dir eine welt vor, in der du nie die sonne siehst.

Garth Nix'
DER SIEBTE TURM™

Das große Finale!
Ab 20. September erhältlich.

Band 4:
Jenseits der Grenze
ISBN: 3-89748-405-6

Band 5:
Die Schlacht beginnt
ISBN: 3-89748-554-0

Band 6:
Der violette Sonnenstein
ISBN: 3-89748-555-9

Band 1:
Sturz in die Dunkelheit
ISBN: 3-89748-402-1

Band 2:
Mauern des Todes
ISBN: 3-89748-403-x

Band 3:
Aenir – Reich der Schatten
ISBN: 3-89748-404-8

www.DinoAG.de

entdecke das licht.

LUCAS BOOKS

www.theseventhtower.com

STAR WARS

DIE COMICSERIE